Französische Botschaft

POLIZIST AN DER BOTSCHAFT Wieder mit den Hunden spazieren?

DAS DIENSTMÄDCHEN VON GEGENÜBER Ja.

POLIZIST Schöner Tag heute!

MÄDCHEN O ja.

POLIZIST Oder vielleicht nicht?

MÄDCHEN Ein sehr schöner Tag.

POLIZIST Die Windhunde von der Gnädigen nehmen sich dann gleich besser aus: gegen den blauen Himmel.

MÄDCHEN Freilich.

POLIZIST Das schöne weiße Fell!

MÄDCHEN Komm, Josias!

POLIZIST Josias?

MÄDCHEN Ein Phantasiename.

POLIZIST Und der andere?

MÄDCHEN Rosendorn.

POLIZIST Josias und Rosendorn.

MÄDCHEN Alles Phantasie.

POLIZIST Das ist auch viel wert.

MÄDCHEN Ja.

POLIZIST Aber ein so schöner Tag heute!

MÄDCHEN Die Gnädige ist ausgefahren. Kommissionen.

POLIZIST Und der Herr?

MÄDCHEN Ist im Amt. Mir tun die Kinder leid, die in der Schul sitzen müssen.

POLIZIST Mir nicht.

MÄDCHEN Die Stadt ist heut so still, als wär gar niemand drin.

POLIZIST	Das tät auch gut.
MÄDCHEN	Als wär man ganz allein.
POLIZIST	Stört Sies?
MÄDCHEN	Die Jahreszeit –
POLIZIST	Keine Wolke am Himmel.
MÄDCHEN	Es wird bald zum Eislaufen für die Kinder.
POLIZIST	Als blieb der Vormittag stehen!
MÄDCHEN	Der bleibt nicht.
POLIZIST	Die alten Propheten hätten sichs auch nicht träumen lassen, daß sie aus Stein in die Kirchsäulen gehauen werden, mitten im Reden.
MÄDCHEN	Komm, Josias!
POLIZIST	Wohin?
MÄDCHEN	Der Jüngste von den Herrschaften hat ein Dreirad, mit dem fährt er im Park um den Brunnen.
POLIZIST	So.
MÄDCHEN	Den hol ich jetzt.
POLIZIST	Ich möcht mir die Eile für was Besseres sparen.
MÄDCHEN	Wüßt nicht, wofür.
POLIZIST	Ich wüßts.
MÄDCHEN	Freilich.
POLIZIST	Die alten Propheten –
MÄDCHEN	Die sollen mich in Ruh lassen!
POLIZIST	Ich wollt auch was anderes sagen.
MÄDCHEN	Was?
POLIZIST	Sie und ich –

MÄDCHEN Sonst nichts?

POLIZIST Der blaue Himmel –

MÄDCHEN Komm, Rosendorn!

POLIZIST Der Tag, die Hunde, das Eck hier an der Botschaft –

MÄDCHEN O je!

POLIZIST Die Tauben!

MÄDCHEN Ich weiß nicht, was die bedeuten.

POLIZIST Marie!

MÄDCHEN Und was Sie reden.

POLIZIST Mir ist der Kirchbaumeister heut nacht im Traum erschienen.

MÄDCHEN Die Träum von andern Leuten –

POLIZIST Unten an der linken Säule wär noch ein Platz frei!

MÄDCHEN *unsicher* Ich muß den Kleinen holen, die Gnädige –

POLIZIST Und wie ich Sie heut früh über die Straßen hab gehen sehen, Marie – da ist mir der Gedanke gekommen, Sie und ich und die Hunde –

MÄDCHEN Wir gehen jetzt!

POLIZIST Und die Botschaft dahinter. Wir kämen gut ins Bild. Marie!

MÄDCHEN So heiß ich nicht!

POLIZIST Dem Kirchbaumeister wär geholfen. Und uns auch! Der letzte freie Platz, der Himmel ohne Wolken!

MÄDCHEN Ich möcht nicht.

POLIZIST Kein Mittag mehr, Marie, kein Abend,

keine Nacht; nein, nur der Vormittag und immer elf vorbei und Sie und ich. Die Hunde –

MÄDCHEN *erschrocken* Josias, Rosendorn!

POLIZIST Es wär ein linder Vormittag, um drin zu bleiben!

MÄDCHEN Da wär mir keiner lind genug.

POLIZIST Die Sonne!

MÄDCHEN *schaut auf den Himmel* Jetzt kommt bald Wind auf.

POLIZIST Der bringt den Schnee. Sie gehen dann mit dem Kleinen, der nicht der Ihre ist, im Kalten spazieren.

MÄDCHEN Das kann schon sein.

POLIZIST Ein Wort, Marie, und nichts –

MÄDCHEN *schüttelt den Kopf.*

POLIZIST Wir bleiben dann für immer zusammen! Das Wort!

MÄDCHEN *beharrlich auf den Himmel schauend* Ich seh schon Wolken.

POLIZIST Bevor sie über uns sind!

MÄDCHEN *zu den erstarrenden Hunden* Wir gehen jetzt.

POLIZIST Marie!

MÄDCHEN Ich will auf keine Säulen.

DER KLEINE IM PARK Du hast kalte Hände, Marie!

MÄDCHEN Es wird bald zum Eislaufen Zeit.

Der Prophet Elias fährt in einem roten Wagen am Himmel über ihnen vorbei.

Zu keiner Stunde

STUDENT *betritt den Dachboden, schließt hinter sich ab und geht auf den Bücherkorb hinter dem Holzpfeiler zu. Er beugt sich darüber und beginnt zu suchen.*

ZWERG Immer fleißig?

STUDENT *zerstreut* Ja. *Bemerkt erst jetzt den Zwerg, der in einer grünen hohen Mütze auf der Kiste steht und durch die Luke halb über die Stadt schaut* Was suchen Sie hier?

ZWERG Nichts. Ich schaue über die Stadt. Zur grünen Kuppel des Schlosses hinüber. *Deutet auf seine Mütze* Ich ziehe Vergleiche zwischen grün und grün. Das nimmt kein Ende. Um so mehr als diese Gegend auch noch von Gärten überzogen ist.

STUDENT *über seinen Korb gebeugt, antwortet nicht.*

ZWERG Immer zwischen drei und vier. Das gibt meinen Tagen Rhythmus. Das bringt mich zur Überzeugung, daß ich immer hier stehe. Und Sie?

STUDENT Ich suche Skripten.

ZWERG Auch immer zwischen drei und vier?

STUDENT Wann ich sie brauche.

ZWERG Und wann brauchen Sie sie?

STUDENT Wenn ich sie unten nicht finde. Ich studiere Schiffsbau.

ZWERG Um welche Zeit?

STUDENT Immer.

ZWERG Zu keiner Stunde?

STUDENT Zu allen.

ZWERG Schade. Wir träfen uns sonst öfter hier heroben.

STUDENT Da käme ich nicht weit.

ZWERG Wie weit wollen Sie kommen?

STUDENT So weit als möglich. Auf ein Schiff –

ZWERG Ich sehe hier öfter welche auf dem Fluß vorbeigleiten, wenn ich das Grün der Auen mit dem meiner Mütze vergleiche – ich könnte Sie empfehlen.

STUDENT Ich muß erst fertig werden. Ich will auch weiter.

ZWERG Ich vergleiche auch das Grün des Horizonts mit dem meiner Mütze. Ich hätte auch da Verbindungen.

STUDENT Ich muß erst –

ZWERG Sie haben heute eine Prüfung bestanden.

STUDENT Ja. Woher wissen Sies?

ZWERG Als ich das Grün der Patina, mit dem das Dach der Technik sich immer mehr zu überziehen beginnt, mit dem meiner Mütze verglich, bekamen Sie gerade Ihre Auszeichnung.

STUDENT Es war die vorletzte Prüfung. Erst nach der letzten –

ZWERG Wenn Sie sich dann an mich wenden wollen.

STUDENT Ich habe schon verschiedene Aussichten.

ZWERG Ich empfehle Sie gerne.

STUDENT Zuerst fahre ich in meine Heimat. Dort werde ich heiraten. Und dann –

ZWERG Ich bin immer zwischen drei und vier Uhr hier!

STUDENT Ich habe Aussichten in Deutschland und Amerika. Die Frage ist nur –

ZWERG Immer zwischen drei und vier.

STUDENT Die Frage ist –

ZWERG Und ich kann mich für Sie verwenden, wo immer es Schattierungen von Grün gibt. Die sind auf Schiffen auch nicht selten.

STUDENT Auf neuen wohl.

ZWERG Die See hat viel davon.

STUDENT Ich werde nicht an der See bauen, sondern an Booten.

ZWERG Die Flüsse!

STUDENT Flußschiffe kommen nicht in Frage.

ZWERG Ich möchte gerne alle meine Verbindungen zu Grün für Sie spielen lassen!

STUDENT *richtet sich auf und streift sein Haar zurück* Hier ist mein Skriptum.

ZWERG Sie haben keine Ahnung, wieviel es davon auf der Welt gibt, nicht nur das Grün der Dächer und der Gärten, auch das des Tangs, der Algen, des Meeresgrundes, ablesbar in Vergleichen –

STUDENT Ich muß jetzt gehen!

ZWERG Ich könnte es Ihnen beweisen, nur an

meiner Mütze, an dem Turm der polnischen Kirche, an diesem Zwiebelturm – oder an dem Grün der Wipfel um das Waffenarsenal –

STUDENT *im Gehen* Leider –

ZWERG Wenn Sie nur hie und da zu mir heraufkämen –

STUDENT Es ist mein letztes Semester.

ZWERG Nur zwischen drei und vier –

STUDENT Da habe ich meine Vorlesungen oder Laboratoriumsübungen. Und wenn ich frei habe, so muß ich mich zur letzten Prüfung vorbereiten und meinen Schiffsquerschnitt zu Ende zeichnen.

ZWERG Oder am letzten Tag, am Tag nach Ihrer letzten Prüfung! Zwischen drei und vier.

STUDENT Da packe ich meine Koffer.

ZWERG Es wird ein dunstiger Tag sein, die Augen grau, die Zwiebel gelb, die Dächer schwarz. Sie haben überall Auszeichnung.

STUDENT Gott soll es geben!

ZWERG Von Ihren Freunden haben Sie schon Abschied genommen.

STUDENT Dann fahre ich zur Bahn!

ZWERG Es bleibt noch eine Stunde, eine gute Stunde. Sie erinnern sich, daß hier oben noch ein Korb mit Büchern steht. Vielleicht, daß Sie das eine oder andere noch brauchen könnten? Sie öffnen die

Bodentüre. Sie gehen zum Bücherkorb, Sie beugen sich darüber und suchen, nein, Sie brauchen kein Buch mehr, alles liegt weit zurück. Sie richten sich auf –

STUDENT *ungeduldig, mit dem Skriptum in der Hand* Und?

ZWERG Sie sehen zur Dachluke herüber – Sie seufzen –

STUDENT *in der offenen Tür* Seufzen werde ich nicht!

ZWERG Ich versichere Sie! Sie seufzen. Und dann –

STUDENT Ich gehe jetzt!

ZWERG Dann empfehle ich Sie an das Grün der See.

Die Bodentür schlägt zu.

ZWERG *kichert und schaut weiter durch die Dachluke über die Stadt.*

Möwen

DER KOMIKER AUF DER PLATTE Bald schmeckts ma, bald schmeckts ma net – bald –

1. MÄDCHEN Enten!

2. MÄDCHEN Das ist gut! Man erkennt sie.

3. MÄDCHEN Wenn es nicht Möwen sind.

2. MÄDCHEN Möwen!

1. MÄDCHEN Weil du sie nie gehört hast!

2. MÄDCHEN Da gibt es Flußmöwen, Seemöwen –

1. MÄDCHEN Dies hier sind Enten.

3. MÄDCHEN Die Platte habt ihr schon lange.

1. MÄDCHEN Mein Vater und meine Mutter brachten sie voriges Jahr zu Ostern mit.

2. MÄDCHEN Karfreitags!

3. MÄDCHEN Wir waren auch gerade bei dir.

2. MÄDCHEN Erinnerst du dich?

1. MÄDCHEN Vielleicht, daß mein Vater und meine Mutter in diesem Jahr wieder eine Platte bringen.

2. MÄDCHEN Tauben!

1. MÄDCHEN Und nächstes Jahr wieder.

3. MÄDCHEN Möwen!

2. MÄDCHEN Immer eine komische Platte mit Tieren.

3. MÄDCHEN Wenn du hundert Jahre alt bist, hast du genügend Auswahl. Da kommt dein Vater, denn deine Mutter ist schon tot, dein Vater kommt über den Flur –

Glocke.

EMILY *heiser* Ja? *Öffnet die Flurtür.*

VATER Ich bringe dir noch eine Platte, Emily.

EMILY Komm herein, Vater!

VATER Ich glaube, die ist sehr komisch.

EMILY Das ist lieb von dir.

VATER Die Möwen, die dir noch fehlten.

EMILY Die Möwen! Du denkst auch an alles.

VATER Deine beiden Freundinnen nicht hier?

EMILY Nein, heute nicht. Die eine starb mit achtzig, Vater –

VATER Richtig.

EMILY Und die andere mit neunzig.

VATER Ja. Ich vergesse das von Jahr zu Jahr.

EMILY Ist heute Karfreitag?

VATER Ich dachte es. Man hört den ganzen Tag schon keine Glocken läuten.

EMILY Dann ist heute Karfreitag.

VATER Ich habe mich darin noch nie geirrt, Emily.

EMILY Nein.

VATER Du mußt zugeben, daß ich dir noch jedes Jahr zu Karfreitag eine Platte brachte.

EMILY Ja, Vater.

VATER Es war immer meine größte Freude.

EMILY Auch die meine, Vater!

VATER Und es waren immer gelungene Platten!

EMILY Immer! Das rechne ich dir auch hoch an, Vater!

VATER Weil es mir Freude machte. Vom ersten Mal an, als ich mit deiner Mutter in der

Sonne aus der Stadt nach Hause kam, an den offenen Kirchen und den geschmückten Menschen vorbei, und mich plötzlich der Gedanke durchzuckte: Was bringen wir unserer kleinen Emily mit?

EMILY Damals waren es die Enten. Damals war ich zwölf.

VATER Im nächsten Jahr die Tauben.

EMILY *lacht* Die Tauben!

VATER Und dann die Hühner.

EMILY Truthühner und Perlhühner.

VATER Und Lämmer, Wiedehopfe –

EMILY Jetzt ist Mutter schon siebenundzwanzig Jahre tot.

VATER In ihrem Sterbejahr waren es die Stieglitze, sie starb im März und Ostern fiel in den April.

EMILY Die Stieglitze!

VATER Das ist auch eine gute Platte.

EMILY Außergewöhnlich gut.

VATER Wenn man schon einige besitzt und Sinn für Schattierungen der Stimmen hat, aber ich würde sie niemandem als erste empfehlen.

EMILY Es ist nicht zu glauben, was die Plattenindustrie in knappen achtundzwanzig Jahren hervorbrachte!

VATER Das sage ich mir auch: Man kann nicht dankbar genug sein.

EMILY Nur die Möwen fehlten noch.

VATER Bis heute, Emily, bis heute! *Er lacht.*

EMILY Ich habe mirs deshalb bis heute erspart, an die See zu fahren. Ich dachte, einmal bringst du mir auch diese Platte.

VATER Du warst geduldig, Emily, und deine Geduld wird belohnt!

EMILY Ich war nicht immer geduldig, Vater. Zwischen siebzig und achtzig –

VATER Das ging vorbei, Emily.

EMILY Besonders in dem Jahr, als ich dreiundsiebzig wurde.

VATER Damals brachte ich dir die Platte mit den Katzen.

EMILY Ja, die Katzen.

VATER Du hattest eine leichte Herzschwäche an diesem Tag.

EMILY Ich verbarg nur mit Mühe meine Enttäuschung.

VATER Deine Enttäuschung?

EMILY *eifrig* Nicht, daß es keine wunderbare Platte gewesen wäre, Vater –

VATER Es war eine ganz besonders gelungene Platte.

EMILY Ich weiß!

VATER Wir lachten herzlich! Die Liebesschreie und Kampfrufe –

EMILY Aber ich hatte damals die erste Herzschwäche, Vater, und ich wußte nicht, wie lange ein Herz im Stande ist, schwach zu bleiben. Ich dachte: Am

Ende behält Ursula recht und ich versäume die Möwen.

VATER Du sagtest kein Wort.

EMILY Nein, und zuletzt vergaß ich auch alles über den Kampf zwischen dem Angorakater und der Siamesin.

Sie beginnen beide wieder zu lachen.

EMILY *etwas atemlos* Selbst Ursula und Daisy vergaßen es.

VATER *auch atemlos* Ja.

EMILY Und dann noch einmal in meinem siebenundsiebzigsten Jahr: da quälte mich die Frage: Soll ich nun eine Seereise machen oder nicht? Ich hätte damals eine billige Möglichkeit gehabt, aber ich tat es nicht, ich vertraute dir, Vater! Ursula und Daisy fuhren in diesem Jahr. Sie kamen begeistert zurück.

VATER Bald darauf starben sie.

EMILY Ich nicht.

VATER Du hast recht getan, Emily.

EMILY Aber wie hast du es nur fertiggebracht, Vater? Gerade in meinem hundertsten Jahr, an meinem hundertsten Geburtstag, der zugleich ein Karfreitag ist –

VATER *nur mit Mühe seinen Stolz verbergend* Gar nichts. Der junge Mann hatte einfach die Platte.

EMILY Er hatte sie einfach!

VATER Gestern bekommen!

EMILY Was sagte er, als du zur Tür hereinkamst?

VATER Nichts weiter. Ich fragte: ›Haben Sie die Platte mit den Möwen?‹ Und er sagte ›Ja‹ und gab sie mir.

EMILY Als hättest du nicht siebenundachtzig Jahre darauf gewartet! Als wären Ursula und Daisy nicht darüber gestorben!

VATER Nein, das berührten wir gar nicht.

EMILY *mit erhobenem Finger* Ihr Spitzbuben!

VATER Nachher mußte ich mich allerdings erst eine Weile auf eine Bank im Park setzen und die Platte auf meinen Knien in der Sonne drehen, um daran zu glauben.

EMILY Ich erwachte heute auch besonders frisch. Ich hörte die Glocken nicht läuten und da wußte ich: Heute ist Karfreitag, der Tag, an dem Vater mir die komische Platte bringt! Ich rollte mich in meinem Stuhl ans Fenster und sah die Scheiben der Galerien gegenüber in der Sonne blitzen. Da wuchs mein Vertrauen.

VATER Du zweifeltest dann wieder!

EMILY *schelmisch* Ich kann karfreitags nie so recht daran glauben, daß Karfreitag ist.

VATER Aber jetzt, Emily, jetzt glaubst du es doch wieder?

EMILY Schon als ich dich sah, Vater.

VATER Und wenn du erst die Möwen hören wirst!

EMILY Wenn ich die Möwen höre!

VATER Ich hole den Apparat.

EMILY Der Schalltrichter liegt daneben.

VATER *aus dem Nebenzimmer* Ich weiß Bescheid, Emily.

EMILY Du vergißt es nie.

VATER *atemlos* Ein herrlicher sonniger Tag heute!

EMILY *ist eingeschlafen.*

Das Drehen der verrosteten Grammophonkurbel aus dem Nebenzimmer.

VATER Und nun!
Die Nadel kratzt auf der Platte.

VATER Und nun, Emily!

DIE MÖWEN AUF DER PLATTE Ihr sollt ihn kreuzigen, kreuzigt ihn, ihr sollt ihn kreuzigen, kreuzigt ihn, ihr sollt –

VATER Das können nicht die Möwen sein.
Er setzt die Nadel an einer andern Stelle wieder an.

DIE MÖWEN Ihn, ihr sollt ihn kreuzigen, kreuzigt –

VATER Da interessiert mich der Schluß!
Er setzt die Nadel am Ende der Platte an.
Gekicher, das zugleich wie der Wind über der See klingt.

VATER Jetzt wird es komisch, Emily, hörst du? Jetzt wird es komisch! Das sind die Möwen, Emily!

EMILY *atmet nicht mehr.*

Flüchtiger Gast

VERS *als junger Mann verkleidet, klopft an eine Tür.*

MÄDCHEN *ihm öffnend* Guten Abend!

VERS Und wie geht es Ihnen?
Ich freue mich, daß Sie mich empfangen.

MÄDCHEN *lebhaft* Ja, ich freue mich auch. Ich wäre fast nicht dazu im Stande gewesen, aber jetzt –

VERS Jetzt?

MÄDCHEN Mir ist ein Vers gelungen! Kurz bevor Sie kamen. Ich lag auf dem Bett und starrte zur Decke. Das Zimmer war von Rauch erfüllt, und ich sah die Spatzen vor den Fenstern, ohne sie zu hören. Es war kalt hier, wie es im Frühling in Zimmern kalt sein kann –

VERS Ich weiß.

MÄDCHEN Ich zählte die Falten auf meinem Bettüberwurf und war nicht einmal mehr mächtig genug, sie zu vermehren. Aus der Küche hörte ich das Klappern von Geschirr. Eine Mahlzeit wurde gerichtet, die nicht für mich bestimmt war.

VERS Ja.

MÄDCHEN Ich war hungrig, konnte mich aber nicht erheben. Weil ich nicht litt, war ich unfähig zu leiden. Alle Schmerzen waren anderswo. Auf den Zahnkliniken, auf den Geburtskliniken, auf den untergehenden Schiffen, da tummelten sie sich, bei mir nicht.

VERS *mitleidig* Sie Ärmste.

MÄDCHEN Im Stadtpark fiel vielleicht ein Kind nieder und schlug sich das Knie blutig. Wie weit war es von mir entfernt. In einem Juwelierladen wurde vielleicht ein Dieb ertappt –

VERS *nickt.*

MÄDCHEN Wie weit war er von mir. Und selbst die Mädchen, die um ihr eigenes Geld sich Ringe kauften. Die – wenn auch keinen Schmerz – so doch ein Ziel hatten, etwas das man ›heute abend‹ nennt –

VERS Ahnten Sie nicht, daß ich käme?

MÄDCHEN Nein. Ich ahnte nichts. Und um es ehrlich zu sagen: es hätte alledem auch nichts hinzugefügt.

VERS Natürlich nicht.

MÄDCHEN Da mir der Tag doch wie ein ungebeteter Rosenkranz durch die Finger lief.

VERS Das ist ein hübscher Vergleich.

MÄDCHEN Da es – wo keine Schmerzen sind – auch keinen Trost gibt, und ich aufrichtig genug war, mir nicht das erste zum letzten zu erfinden, *hastig* da ich keine Hoffnung hatte, diesen wie ein schwaches, zerfetztes Farbband in den Ösen verhakten Tag zu lösen, und einfach dalag –

VERS Ich frage mich nur, wie Sie im Stande waren –

MÄDCHEN Wäre der Vers nicht gekommen, ich hätte nicht aufstehen und das Fenster öffnen, ich hätte nicht Kaffee aufsetzen, nicht die Decke glatt streifen und Sie nicht einlassen können!

VERS *enttäuscht* So danke ich ihm, daß ich hier bin.

MÄDCHEN Ja. Und daß wir heute noch miteinander ausgehen werden! In die Meierei, in den Stadtpark oder –

VERS Ich muß Sie enttäuschen.

MÄDCHEN Enttäuschen?

VERS Ich bin nicht gekommen, um zu bleiben. Ich wollte nur die Grammatik zurückbringen, die Sie mir liehen.

MÄDCHEN Und heute abend?

VERS Ich muß mich heute abend auf meine Decke legen und jemanden erwarten, der mich nicht sucht. *Er demaskiert sich, indem er verschwindet.*

MÄDCHEN *stürzt ans offene Fenster* Bleiben Sie!

Das Geschrei der Spatzen.

Mit der Stimme der Alten

FREMDES KIND *gesellt sich zu dem Kind, das mit seiner Mutter vom Park nach Hause geht* Weshalb gebt ihr kein Fest?

KIND Ein Fest?

MUTTER Weil ich Festen abgeneigt bin.

FREMDES KIND Aber weshalb?

MUTTER Ich ging in den Wolladen, wo der rote Knäuel vor aller Leute Augen abgespult wurde, und fragte dort die Alte, ob er zu haben sei, um unsern Raum zu schmücken.

FREMDES KIND Sie sagte nein?

MUTTER *nickt.*

KIND *traurig* Sie sagte nein.

FREMDES KIND Weshalb?

KIND *mit der Stimme der Alten* Als ich den braunen verkaufte, spannten sie Drähte. Seither drangen die Stimmen der Tänzerinnen nicht mehr zu mir.

MUTTER So ist es!

KIND Die süßen Stimmen um die Kaffeezeit. Als ich den blauen verkaufte –

FREMDES KIND Genug!

KIND Da legten sie Schlingen. Seither fliegen die Vögel in lockeren Schwärmen am Himmel vorbei!

FREMDES KIND *schlägt die Hände vor die Augen* Genug!

KIND Da siehst dus. *Wieder mit der Stimme der Alten* Zerschlissen das Grün an den harten Pappelzweigen, zerrieben das Braun, zerworfen das Blau –

FREMDES KIND Kann niemand es schlichten?

Schweigen.

MUTTER Wir gehen lieber die Flure hinauf und hinab –

KIND Klipp-Klapp!

MUTTER Und haben es still im Gesicht.

KIND Ja, still.

MUTTER Und den Mittag vor uns.

Sie bleiben alle einen Augenblick stehen.

FREMDES KIND *ernst* Die roten Wolken treiben am Himmel über den Fliegernamen, die Schoten liegen im Sand.

MUTTER Aber wir geben kein Fest.

FREMDES KIND *wieder im Gehen* Ich wüßte auch eine Verleihanstalt.

MUTTER Zu weit.

KIND Wir müssen die Löwen beweinen.

FREMDES KIND Zehn schwarze Speere, an denen Sonne und Mond sich leicht abspulen ließen!

MUTTER *schüttelt den Kopf, verzieht den Mund.*

FREMDES KIND Dahinter das Wassergespreng, und noch weiter –

KIND Verlock uns nicht!

FREMDES KIND Am zweiten Sonntag gegen sechs Uhr früh –

KIND *nachdenklich* Gegen sechs Uhr früh?

FREMDES KIND Eh noch die Leute mit den weißen Schuhen kommen.

MUTTER Laß uns in Frieden!
FREMDES KIND *sieht beide an, lächelt.*
KIND *schiebt den Fuß vor.*
FREMDES KIND Die Luft zum Schneiden dünn!
MUTTER Gib Ruh!
FREMDES KIND Weshalb gebt ihr kein Fest?
KIND Es ist nicht nur wegen der Löwen. Es sind auch die Blumen, die nachts die Blätter schließen.
MUTTER Geh weg! Ich sage dir: laß uns –
FREMDES KIND In Frieden! *Es ist verschwunden*

Belvedere

DER DIREKTOR DES STÄDTISCHEN ZOOS Guten Morgen!

DER DIREKTOR DER GALERIEN IM OBEREN UND UNTEREN SCHLOSS Schönen guten Morgen. Mir scheint, daß ich schon flüchtig das Vergnügen hatte?

ZOODIREKTOR Ganz recht. Ich bin auch angemeldet.

GALERIEDIREKTOR Was führt Sie zu mir?

ZOODIREKTOR Ich komme wegen der Stiere.

GALERIEDIREKTOR *nachdenklich* Wegen der Stiere?

ZOODIREKTOR Ja. Es war schon vor Jahren die Rede davon.

GALERIEDIREKTOR Stiere – Stiere –

ZOODIREKTOR Wegen der weißen, ägyptischen, wenn Sie sich gütig erinnern wollen –

GALERIEDIREKTOR Stiere?

ZOODIREKTOR Wegen der rotäugigen!

GALERIEDIREKTOR Ein Gemälde?

ZOODIREKTOR Nein. Stiere.

GALERIEDIREKTOR Es ist mir, als hätte ich davon schon gehört, aber ich weiß nicht, wie ich sie einordnen soll.

ZOODIREKTOR Es war die Rede davon, sie bei Ihnen unterzubringen.

GALERIEDIREKTOR Bei mir?

ZOODIREKTOR Ja.

GALERIEDIREKTOR Hier? *Mit einer Handbewegung gegen das halboffene Fenster und den ansteigenden französischen Garten.*

ZOODIREKTOR Zwischen dem oberen und unteren Schloß, ganz recht.

GALERIEDIREKTOR Wieviele?

ZOODIREKTOR Die ganze Herde, etwa dreihundert Stück.

GALERIEDIREKTOR Das muß vor meiner Zeit gewesen sein.

ZOODIREKTOR Es war vor meiner Zeit, aber zu Beginn der Ihren. Sie verhandelten mit meinem Vorgänger.

GALERIEDIREKTOR *schüttelt den Kopf.*

ZOODIREKTOR Der Zoo war schon damals zu klein. Inzwischen hat sich die Herde vergrößert.

GALERIEDIREKTOR Ich erinnere mich beim besten Willen nicht.

ZOODIREKTOR *dringend* Es scheiterte damals daran, daß man die Herde durch den Klostergarten, der links anschließt, nicht eintreiben konnte, während der Besitzer der Gärten rechts – sie waren damals in privatem Besitz – ebenfalls seine Erlaubnis verweigerte. Inzwischen sind diese Gärten in öffentlichen Besitz übergegangen.

GALERIEDIREKTOR Vor kurzem.

ZOODIREKTOR Ja. Und die Gemeinde würde keine Schwierigkeiten machen, dem Zoo zu helfen.

GALERIEDIREKTOR Das glaube ich selbst.

ZOODIREKTOR Die Herde kann übrigens mit größter Schonung dieser Gärten hier hereingetrieben werden. Geübte Treiber gibt es genug.

GALERIEDIREKTOR Und hier?

ZOODIREKTOR Hier stünde sie Kopf an Kopf. Aber sie hätte Platz, auch heute noch!

GALERIEDIREKTOR Aber –

ZOODIREKTOR Wenn man sich nur entschlösse, aus einigen der flachen, steinernen Becken das Wasser abzulassen, vielleicht aus allen –

GALERIEDIREKTOR Aus allen?

ZOODIREKTOR Und die Tiere hineinzutreiben. Ich glaube, daß die Beckenränder nicht zu hoch sind.

GALERIEDIREKTOR Mir ist die Gangart weißer Stiere nicht gegenwärtig.

ZOODIREKTOR Sie sind überraschend beweglich. Zugleich von großer Ruhe.

GALERIEDIREKTOR So.

ZOODIREKTOR Fürchten Sie deshalb nicht für Ihren Blick! Er wird weiter durch das halboffene Fenster schweifen. Er wird über die weißen Schädel und die weißen Hörner hingehen wie über Morgendunst und Wasserglanz, je nach der Zeit. Sie werden nichts vermissen. Den ganzen Tag nicht!

GALERIEDIREKTOR Und wenn ich Kies zu sehen wünsche, frischen Rasen?

ZOODIREKTOR Sie werden es nicht wünschen, wenn Sie den Anblick der weißen Herde haben.

GALERIEDIREKTOR Es geht auch nicht um meine Wünsche.

ZOODIREKTOR Es ist freilich Ihre Sorge, die Tiere weiß zu erhalten.

GALERIEDIREKTOR Meine Sorge sind die Galeriebesucher.

ZOODIREKTOR Solange die Herde weiß ist –

GALERIEDIREKTOR Ob die Herde weiß oder schwarz ist: was, frage ich mich, sollen die Leute tun, die von den Gemälden im oberen Schloß zu den Plastiken im unteren wollen; die die Ruhe des Sonntagvormittags, den Kies unter den Füßen brauchen, um von einem zum andern hinüberzuwechseln?

ZOODIREKTOR Sie sollen auf der Straße gehen.

GALERIEDIREKTOR Es ist ein Umweg. Und ich sagte auch eben –

ZOODIREKTOR Die Frage ist auch deshalb nicht wichtig, weil das untere Schloß ohnehin nicht den Plastiken vorbehalten bleibt.

GALERIEDIREKTOR Nicht den Plastiken?

ZOODIREKTOR Oder doch nur bis zum ersten Regen, bis zum ersten Aufkommen eines feuchten Windes. Solange, bis es nötig ist, die Tiere einzutreiben.

GALERIEDIREKTOR Einzutreiben?

ZOODIREKTOR Um die Felle weiß zu erhalten, es ist in Ihrem Sinn. Wenn Sie deshalb beim ersten Regenzeichen, schon bei gewissen Wolkenbildungen bestimmen würden, daß –

GALERIEDIREKTOR Aber die Plastiken!

ZOODIREKTOR Die Galerien für Plastik sind, wie Sie

besser als ich wissen, in den ehemaligen Stallungen untergebracht. Fast alles, was heute das untere Schloß genannt wird –

GALERIEDIREKTOR Nicht meine Räume.

ZOODIREKTOR Ihre Räume würden nicht berührt. Ihre Ruhe muß gewahrt werden. Schon für die Tiere. Es ist wichtig, daß sie Ruhe über sich fühlen. Daß ihre Gelassenheit erwidert wird, aus zwei Fenstern wenigstens. Und wenn die Galerien für Plastik nicht genügen sollten, so bleibt immer noch das obere Schloß. Sollte sich die Herde bei Ihnen hier vermehren –

GALERIEDIREKTOR Ich wußte, daß Sie nichts anderes im Sinn hatten!

ZOODIREKTOR Ihr Bestes und das Beste der Besucher. Es wäre auch nur im Notfall.

GALERIEDIREKTOR Der sicher eintritt. Es ist – soviel ich sehe – alles auf diesen Notfall angelegt. Was, frage ich mich, sollen die Tiere hier anderes, als sich vermehren?

ZOODIREKTOR Scharren, stampfen, in der ihnen gemäßen Umgebung glänzen!

GALERIEDIREKTOR Meiner geringen Erfahrung nach –

ZOODIREKTOR Vertrauen Sie mir!

GALERIEDIREKTOR *mit Bestimmtheit* Es wird ihnen nicht genügen.

ZOODIREKTOR Es sind weiße Stiere. Und bei hellem Sonnenschein –

GALERIEDIREKTOR Kaum bei hellem Sonnenschein, und

noch weniger beim Aufkommen eines feuchten Windes, bei den ersten unbestimmten Wolkenzeichen!

ZOODIREKTOR Sie sind rotäugig.

GALERIEDIREKTOR Was soll das hindern? Und in dieser Gedrängtheit?

ZOODIREKTOR Das bleibt abzuwarten.

GALERIEDIREKTOR Für mich, nicht für Sie.

ZOODIREKTOR Ich bin der festen Überzeugung –

GALERIEDIREKTOR Wer soll die Tiere füttern?

ZOODIREKTOR Der Zoo wird gemeinsam mit der Gemeinde in der allerersten Zeit einen Teil der Sorge für die Tiere übernehmen.

GALERIEDIREKTOR Aber die Bewohner der umliegenden Häuser, die ihre Wohnungen nur wegen des Blicks über die Gärten gemietet haben?

ZOODIREKTOR Sie werden beim ersten Anblick der weißen Herde wissen, was sie bisher vermißten. Was ihnen – seit Jahren vielleicht schon – die Gärten leer erscheinen ließ, die frühen Vogelrufe hinterhältig, die Kieswege ohne Glanz. Sie werden bei leichter Bewegung der Herde wieder spüren, was ihnen schon lange verborgen war, wieder merken, woher der Wind weht.

GALERIEDIREKTOR Der Mistgeruch –

ZOODIREKTOR Spielt auch mit.

GALERIEDIREKTOR Wer wird den Mist abführen?

ZOODIREKTOR Ich sagte schon, daß in der ersten Zeit der Zoo die Sorge um die Tiere mittragen wird. Für später machen Sie sich keine Sorgen. Wenn erst die Hüter und Treiber in den umliegenden Straßen wohnen, kann der Mist auch ruhig –

GALERIEDIREKTOR Die Hüter und Treiber?

ZOODIREKTOR Die von Ihnen bestimmten natürlich.

GALERIEDIREKTOR Von mir?

ZOODIREKTOR Sofern die Inwohner der umliegenden Straßenzüge bereit und fähig wären, diese Ämter zu übernehmen, könnten sie auch darin wohnen bleiben.

GALERIEDIREKTOR Es wird sie trösten.

ZOODIREKTOR Sicher. Während Sie selbst die Oberaufsicht –

GALERIEDIREKTOR Das dachte ich.

ZOODIREKTOR Sie sind ihnen vertraut. Ihre Bemühung um die Schätze in den Galerien ist bekannt. Wenn Sie nun stattdessen Ihre Bemühung der Herde zuwenden –

GALERIEDIREKTOR Stattdessen?

ZOODIREKTOR Man wird es hinnehmen. Und nicht nur hinnehmen. Man wird den weißen Stieren –

GALERIEDIREKTOR Und Kühen.

ZOODIREKTOR Man wird der ganzen Herde den Wert zumessen, den man bisher den Plastiken und den Gemälden in den Galerien zumaß, gewissen Sonntagvormittagen, von denen man nicht wußte, ob es die Sonne oder der Schatten war, der spielte. Man wird den Schwung und die Schattierung der Hörner vergleichen, und in den geräumten Galerien nach den Jungen sehen.

GALERIEDIREKTOR Ich frage mich, weshalb das alles nicht im Zoo geschehen soll.

ZOODIREKTOR Aus den Gründen, die ich sagte. Und noch eins!

GALERIEDIREKTOR Die Galerien wären gerne bereit, aus dem Erlös der einen oder andern kostbaren Plastik einen Beitrag zu seiner Erweiterung –

ZOODIREKTOR Das ist unmöglich. Sonst säße ich nicht hier –

GALERIEDIREKTOR Aber weshalb?

ZOODIREKTOR Sie wissen, daß gerade Stiere auf gewisse Farben –?

GALERIEDIREKTOR Wo gibt es rot im Zoo?

ZOODIREKTOR Es gibt ägyptische Stiere. Rotäugige!

GALERIEDIREKTOR Was soll das ändern?

ZOODIREKTOR Sie werden zornig angesichts der andern Farbe.

GALERIEDIREKTOR Der andern Farbe?

ZOODIREKTOR Sie sind empfindlich für grün. Und während hier das Grün der Hecken schnell abgefressen, das Grün der Rasenflächen schnell zerstampft –

GALERIEDIREKTOR Und das der Dächer?

ZOODIREKTOR Leicht von der einen oder andern Farbe übermalt wird, ist es im Zoo der übrigen Tiere wegen nötig, Grün begrenzt zu erhalten.

GALERIEDIREKTOR Und wie sollen die Dächer hier übermalt werden?

ZOODIREKTOR Das überlasse ich Ihnen. Ihr langjähriger Umgang mit Bildern, Ihre Freude an Schattierungen –

GALERIEDIREKTOR Ich weiß.

ZOODIREKTOR *erhebt sich* Es läutet Mittag.

GALERIEDIREKTOR Und das Grün der Glockentürme, der angrenzenden Gärten, der Häuserdächer?

ZOODIREKTOR Ich überlasse alles Ihnen. Was den öffentlichen westlichen Garten betrifft, so wird er bald als Futterplatz für die Stiere herangezogen werden. Und der Klostergarten im Osten –

GALERIEDIREKTOR Darüber habe ich keine Befugnisse.

ZOODIREKTOR Das ergibt sich. Im übrigen wird es gut sein, das Geläute der Klosterglocken einzustellen. Und nicht nur der Klosterglocken, sondern alles Läuten, jeden glockenähnlichen Klang im weiten Umkreis.

GALERIEDIREKTOR Das reicht weit.

ZOODIREKTOR Die Herde hat ihre eigenen Glocken, alle andern könnten sie verwirren.

GALERIEDIREKTOR Dieser Garten wurde hier angelegt, weil man auch noch von den fernsten Türmen, von den Kirchen der Dörfer jenseits des Flusses, die nicht einmal mehr zur Stadt gehören –

ZOODIREKTOR Die Herdenglocken werden alles ersetzen. In reichem Maß. Und man wird endlich wissen, woher der Klang kommt. Niemand anderer als Sie wird das den Pfarrern und Mesnern auch noch der fernsten Dörfer erklären können.

GALERIEDIREKTOR Sie wollen doch nicht sagen, daß ich –

ZOODIREKTOR Niemand anderer als Sie wird ihnen besser sagen können: Ich bitte Sie, das Läuten sein zu lassen, der Stiere wegen. Es verwirrt sie.

GALERIEDIREKTOR Ich glaube vielmehr, daß das Absteigende dieses Gartens die Herde, wenn sie von oben her eingetrieben wird, verwirren könnte, die menschenähnlichen Bosketten!

ZOODIREKTOR Es gibt abschüssigere Viehweiden und menschenähnlicheres Gebüsch.

GALERIEDIREKTOR Um nochmals auf das Grün zurückzukommen, welche Farben sollen es ersetzen?

ZOODIREKTOR Rot, schwarz, blau oder gelb, ich sagte schon –

GALERIEDIREKTOR Meine Freude an Schattierungen!

ZOODIREKTOR Und die Bewegung der Herde, nach der Sie sich zu richten haben.

GALERIEDIREKTOR Wie soll ich –

ZOODIREKTOR Wenn Sie die Tiere an den Sphinxen vorbei die breiten Wege hinunterdrängen sehen, wird Ihre Freude daran alles bewältigen.

GALERIEDIREKTOR Ich frage mich, wie ich den Kindern, die bisher in diesem Garten spielten, begreiflich machen soll –

ZOODIREKTOR Sie werden entzückt von den Stieren sein.

GALERIEDIREKTOR Und ihre Großmütter?

ZOODIREKTOR Sie werden das Entzücken ihrer Enkel teilen. Sie werden meinen, sich an längst Vergangenes zu erinnern, während den Enkelkindern die Erinnerung an die Zukunft aufsteigt. Niemand, der auch nur einen Blick auf diese weißen Rücken wirft, wird sich der Macht entziehen können, zu sehen, wonach er aus war, es endlich zu sehen; nicht Kieswege, Bosketten, Plastiken, Gemälde, Unausgesprochenes in einer Beleuchtung, die doch nicht hinreicht, nein: Weiße, breite Rücken in der Sonne, Köpfe, Hörner, die ganze Herde – Stiere!

GALERIEDIREKTOR Wann soll das sein?

ZOODIREKTOR Schon bald.

GALERIEDIREKTOR Sie verständigen mich?

ZOODIREKTOR Selbst wenn ich nicht mehr käme –

GALERIEDIREKTOR So muß ich bald zu räumen beginnen.

ZOODIREKTOR Sie sollen entschädigt werden.

GALERIEDIREKTOR Mein Amt als Direktor dieser Galerie –

ZOODIREKTOR Wird um die Verwaltung der umliegenden Straßenzüge, der Dächer und Türme, der angrenzenden Gärten erweitert.

GALERIEDIREKTOR Das sind Übergänge.

ZOODIREKTOR Die mich an Ihrer Stelle verlocken würden.

GALERIEDIREKTOR Und zuletzt? Wenn alle Glocken verstummt und alle Gärten kahlgefressen sind, wenn auch das Grün von den umliegenden Türmen und Kuppeln verschwunden ist, wenn alle zum Treiben und Hüten Unwilligen ihre Häuser geräumt haben, und zwischen Steintreppen und ausgetrockneten Bassins, von der Sonne beschienen, die Stiere drängen? Wenn die leicht verschiebbaren Grenzen zwischen ihren Leibern die einzigen Grenzen sein werden, die von hier aus zu sehen noch möglich sind?

ZOODIREKTOR Sollen die Fenster hier wie eben jetzt noch immer halb offen stehen.

GALERIEDIREKTOR Und ich? Ich selbst? Wenn die Galerien oben und unten von Bildern und Plastiken geräumt sind, wenn ich nicht mehr abends meinen Hut nehmen und einen stillen Augenblick lang noch einmal die Schätze mustern kann?

ZOODIREKTOR Es wird Ihnen, wie mir schon heute, dann nur mehr um das Weiß der Stiere gehen.

GALERIEDIREKTOR Auch an den Abenden?

ZOODIREKTOR Auch dann. Sie werden bis dahin vielleicht auch schon zum Teil erblindet sein. Alle, die das belebende Weiß der Herde Jahre hindurch betrachten, erblinden mit der Zeit.

GALERIEDIREKTOR Ich werde erblinden?

ZOODIREKTOR *schon an der Tür* Ja.

GALERIEDIREKTOR Um noch ein letztes Mal von dem Grün zu reden: es gibt gewisse Augenblicke wie manchmal vor Gewittern, in denen der Himmel eine leichte grünliche Färbung annimmt. Und seltener auch abends, ich sprach davon.

ZOODIREKTOR Es wäre ein großer Schrecken für die Herde, vielleicht ein Zeichen, alles im Umkreis zu stürmen.

GALERIEDIREKTOR Aber wie –

ZOODIREKTOR Sie werden es zu verhindern wissen!

GALERIEDIREKTOR Ich glaube nicht, daß meine Freude an Schattierungen in einem solchen Fall –

ZOODIREKTOR *ist gegangen.*

GALERIEDIREKTOR Mein langjähriger Umgang mit Gemälden – *tritt ans Fenster, schaut zum Himmel auf.* Werde grün!

Ein Kind ruft nach einem andern. Vögel zwitschern. Der Himmel ist blau, mit weißen Wolken darin.

Auf verlorenem Posten

DER SPIELZEUGDRAGONER IN DEN SPIELZEUGAUEN Wohin komme ich?

DER PUPPENMACHER In die Halle eines Restaurants, das nach Ihnen benannt ist.

DRAGONER Mit den Auen?

PUPPENMACHER Mit den Auen.

DRAGONER Und die Beleuchtung?

PUPPENMACHER Eine ganz natürliche. Von 11 Uhr vormittags bis 11 Uhr abends.

DRAGONER Und nachts?

PUPPENMACHER Ist es finster.

DRAGONER Und mein Pferd?

PUPPENMACHER Ist mit dabei.

DRAGONER Und die Feuchtigkeit vom Fluß her?

PUPPENMACHER Ist zu ahnen.

DRAGONER Und die Stechmücken?

PUPPENMACHER Auch. Im Hintergrund ist ein Tümpel angedeutet. Es sieht aus, als wären Sie eben darübergesetzt. Nun lauschen Sie.

DRAGONER Ja, ich weiß. Eben war es mir noch, als hörte ich Schritte aus dem Buschwerk. Aber nun –

PUPPENMACHER Nun hören Sie nichts mehr. Einverstanden?

DRAGONER Ja.

PUPPENMACHER Noch etwas?

DRAGONER Die Luft.

PUPPENMACHER Kaum spürbar. Und wenn, so nur untermischt mit den Erdbeergerüchen des Gefrorenen, mit dem Schneehauch der Mäntel in den Garderoben, mit –

DRAGONER Wer wird mich sehen?

PUPPENMACHER Fremde hauptsächlich – *als er die Beunruhigung des Dragoners bemerkt* aber auch die Mädchen aus dem Kartenbüro vis-à-vis, aus dem Schuhladen in der kleinen Gasse zum Domplatz, aus dem Delikatessengeschäft an der Ecke.

DRAGONER Und –

PUPPENMACHER Noch etwas?

DRAGONER Wird niemand bemerken, wie klein ich bin?

PUPPENMACHER Mir ist nicht klar, was Sie meinen.

DRAGONER Ich meine: wird es niemanden überraschen?

PUPPENMACHER Nein, da es doch niemand anders erwartet. Ein großer Teil Ihrer Anziehung beruht darauf.

DRAGONER Ich wäre, um es offen zu sagen, lieber in der Fronleichnamsprozession aus dem Jahre 1910 mitgegangen.

PUPPENMACHER Ihre Rolle hier ist größer: Sie sind allein.

DRAGONER Allein –

PUPPENMACHER In dem Knacken des Buschwerks, in der Morgendämmerung, den Feind im Rükken –

DRAGONER Und wenn man entdecken sollte, daß die Sonne nicht aufgeht, daß die Mücken nicht steigen?

PUPPENMACHER Man wird es nicht entdecken, weil man es voraussetzt.

DRAGONER Daß ich den Feind erwarte?

PUPPENMACHER Fürchten Sie nicht für Ihre Erwartung. Die Erwartung der Gäste ist hübscher, die Erwartung der Mädchen –

DRAGONER Ist mein Anzug in Ordnung?

PUPPENMACHER Sie schauen sich selbst so ähnlich, als es möglich ist.

DRAGONER Das sagt nicht viel.

PUPPENMACHER Ich habe Ihnen auch etwas Spott ins Gesicht gesetzt, ein Lächeln: was immer Ihre Beschauer erfahren, Sie wußten es früher. Sie wußten, daß über dem Blattwerk kein Himmel ist, Sie wußten –

DRAGONER Ja. Es ist gut. Und wenn ich ausbrechen wollte aus der Morgendämmerung, aus meiner hübschen Au?

PUPPENMACHER Sie können es nicht. Sie sind hinter Glas.

DRAGONER Hinter Glas? *Fällt ohnmächtig vom Pferd.*

PUPPENMACHER *einschrumpfend* He, ermannen Sie sich, steigen Sie wieder auf, lassen Sie die Weiden nicht wachsen und den Feind nicht hervorbrechen, lassen Sie die Mücken nicht aus dem Schilf steigen, lassen Sie die Sonne nicht aufgehen! *Zur Größe des Dragoners eingeschrumpft* Sind Sie verletzt?

DRAGONER *bleibt still.*

PUPPENMACHER Sind Sie getroffen?

DRAGONER *bleibt still.*

Die Mücken steigen aus dem Tümpel, das Buschwerk beginnt sich im Morgenwind zu rühren.

PUPPENMACHER *sieht sich plötzlich in einer fremden Uniform* Lieber Gott! *Will das Pferd des Dragoners besteigen, das unruhig wird* Komm! *Der Dragoner rührt sich.*

DRAGONER *seufzt.*

PUPPENMACHER *springt über ihn hinweg, will an den Fluß hinunter, stößt an Glas und verbirgt sich im Buschwerk.*

DRAGONER *erwachend, hebt sich auf die Arme* Eben war es mir noch, als hörte ich Schritte aus dem Buschwerk. Aber nun höre ich nichts mehr. *Er wäscht sein Gesicht im Tümpel, schwingt sich aufs Pferd und lauscht. Von nun ab bleiben alle reglos.*

Algebra

DIE FREUNDIN Und wenn heute ein Sandsturm käme?

DAS MÄDCHEN Ein Sandsturm?

FREUNDIN Ja.

MÄDCHEN Jetzt im November?

FREUNDIN So schiens mir, als ich euren Flur betrat. Er war warm und roch nach Fischen –

MÄDCHEN Aus dem italienischen Gasthaus im Erdgeschoß.

FREUNDIN Und hell und die Wände voll hellgrüner Kacheln.

MÄDCHEN Damit der Dampf aus der Küche sich nicht in die Mauern setzt. Es ist alles das Gasthaus.

FREUNDIN Plötzlich sah es mir nach einem Sandsturm aus: ein Sandsturm, bei dem die Krabben durch die Fenster fliegen und die kalifornischen Affen sich in den Straßen wiegen, ein schwerer Sandsturm von der Donau herauf, ein ganz schwerer –

MÄDCHEN Wir wollen zu rechnen beginnen, Fanny bringt bald den Tee.

FREUNDIN Ein Sandsturm, der die Sonne über den Himmel zurücktreibt, der den Rauchgeruch nimmt und die Weihnachtsfreude eindämmt. Durch den es ganz hell wird jetzt um sechs –

MÄDCHEN Um halb sieben.

FREUNDIN Der die Sterne ausbläst, weil er sie mit Laternen verwechselt und die dicke

	Scheibe vor dem Fenster im Milchladen eindrückt –
MÄDCHEN	Wir wollen mit Algebra anfangen.
FREUNDIN	Ein Sandsturm –
	In der Küche
DIE KÖCHIN	Hier hast du dein Essen, Jakob.
DER KRETIN	Ja.
KÖCHIN	Es ist nicht zu heiß.
KRETIN	Nein.
KÖCHIN	Ich habe es kühlgeblasen. Mit meinem eigenen Atem.
KRETIN	Ja.
KÖCHIN	Aber du weißt nicht, was das ist: mein eigener Atem.
KRETIN	Nein.
KÖCHIN	Daß du nichts verschüttest. Auch nicht einen Tropfen.
KRETIN	Keinen Tropfen.
KÖCHIN	Und daß du nicht zu den Mädchen hineingehst, hörst du! Mit deinem großen Kopf.
KRETIN	Auch nicht.
KÖCHIN	Ich gehe jetzt einkaufen: in den Milchladen. Willst du mitkommen?
KRETIN	*schüttelt den Kopf.*
KÖCHIN	Es ist auch besser. *Die Tür geht.*
	Im Zimmer
FREUNDIN	Einer, bei dem die Glocken von den

Franziskanern wie Schiffsglocken zu läuten beginnen –

MÄDCHEN Wir wollen jetzt endlich –

FREUNDIN Der die steinernen Windhunde von dem Portal gegenüber jagt!

MÄDCHEN Laß gut sein! Wenn wir nicht bald beginnen –

FREUNDIN Der –

MÄDCHEN Dein Rechenheft?

FREUNDIN Ich habe es vergessen.

MÄDCHEN Du hast es vergessen!

FREUNDIN Ein Sandsturm, der –

MÄDCHEN Gib Frieden!

FREUNDIN Der – *schreit auf.*

MÄDCHEN Was hast du?

FREUNDIN Nichts.

MÄDCHEN Doch!

FREUNDIN Die Tür ging.

MÄDCHEN Die Tür?

FREUNDIN Und ich sah hinter deinem Rücken einen Kopf, einen sehr großen Kopf –

MÄDCHEN Und?

FREUNDIN Jemanden, der grinste.

MÄDCHEN Es war mein Bruder.

FREUNDIN Ich wußte nicht, daß du noch einen Bruder hast!

MÄDCHEN Ich habe einen. Wollen wir jetzt rechnen?

FREUNDIN Ja.

MÄDCHEN Ich borge dir ein altes Heft.

Das Kratzen der Federn.

Erstes Semester

STUDENTIN	*sie ist nicht mehr ganz jung* Ich wollte fragen, ob ich hier Unterkunft finde.
PFÖRTNERIN	*die auch nicht mehr jung ist* Unterkunft?
STUDENTIN	Es soll hier ein Heim für auswärtige Studentinnen sein.
PFÖRTNERIN	Unser Heim ist besetzt, das heißt –
STUDENTIN	Ich bringe auch eine pfarramtliche Empfehlung mit.
PFÖRTNERIN	Woher kommen Sie?
STUDENTIN	Zwei Bahnstunden nordöstlich. Der Name wird Ihnen nichts sagen. Aber unser Pfarrer –
PFÖRTNERIN	Wie lange wollen Sie bleiben?
STUDENTIN	Solange es eben geht.
PFÖRTNERIN	Solange es geht?
STUDENTIN	Ich wollte sagen: zwei oder drei Jahre. Nicht länger.
PFÖRTNERIN	Das Heim ist aufgelassen.
STUDENTIN	Aufgelassen? Sagten Sie nicht eben –
PFÖRTNERIN	Daß es besetzt sei?
STUDENTIN	Ja.
PFÖRTNERIN	Ganz recht. Es ist auch besetzt.
STUDENTIN	Das verstehe ich nicht. Es steht doch noch die Schrift über dem Eingang.
PFÖRTNERIN	Dazu sind wir verpflichtet.
STUDENTIN	Und im Telefonbuch unter ›Heim für auswärtige Studentinnen‹.
PFÖRTNERIN	*die sich plötzlich steil aufrichtet* Aufgelassen im vorläufigen Sinn des Wortes. Besetzt im immerwährenden.

STUDENTIN *mit gerunzelter Stirn* Das heißt –

PFÖRTNERIN Auch zu besetzen nur in diesem Sinn.

STUDENTIN *lebhaft* Ich könnte also bleiben?

PFÖRTNERIN Ja. Wie ich eben sagte –

STUDENTIN Weiß mein Pfarrer von dieser Bedingung?

PFÖRTNERIN Ich fürchte, in den Pfarreien zwei Bahnstunden nordöstlich – wollen Sie nicht eintreten?

STUDENTIN Ich will erst wissen, was das heißt: für immer!

PFÖRTNERIN Das läßt sich schwer bei offener Pforte erörtern.

STUDENTIN Wahrscheinlich müßte ich für immer im ersten Semester bleiben?

PFÖRTNERIN Zumindest in dem eben befindlichen.

STUDENTIN Das wäre bei mir das erste. Auch in derselben Fakultät?

PFÖRTNERIN In der einmal gewählten: ja.

STUDENTIN Das ist dieselbe. *Nachdenklich* Ich glaube nicht, daß mein Pfarrer – Ich habe jetzt auch kein Fahrgeld, um noch einmal heimzufahren und ihn zu fragen!

PFÖRTNERIN Ich bin überzeugt, daß Ihr Herr Pfarrer –

STUDENTIN Unser Pfarrer will, daß ich fertig studiere und eine Praxis in unserem Dorf eröffne.

PFÖRTNERIN Ich will Sie zu nichts drängen, aber es beginnt jetzt zu regnen. Wenn Sie sich bald entscheiden würden –

STUDENTIN Müßte ich nicht auch immer dieselben Vorlesungen hören?

PFÖRTNERIN Das ergibt sich.

STUDENTIN Ich meine: immer dieselbe?

PFÖRTNERIN Sie wissen, daß vor Gott tausend Jahre wie ein Tag sind.

STUDENTIN *die sich ein Kopftuch umbindet, zögernd* Ja.

PFÖRTNERIN Nun, so viele Vorlesungen eben an diesem Tag gebräuchlich sind. Fünf oder sechs, einige unserer Insassinnen haben auch Seminarübungen.

STUDENTIN Ich wahrscheinlich nicht. Im ersten Semester?

PFÖRTNERIN Nein. Um so weniger als heute erst der zweite Tag ist. Aber es hat auch Vorteile. Sie werden viel im Freien sein. Am frühen Nachmittag werden Sie immer in dem kleinen Park nicht weit von hier spazierengehen.

STUDENTIN *schaut hinauf* Immer unter demselben milchigen Himmel, in dem leichten Regen?

PFÖRTNERIN Es gibt Leute, die gerade den leichten Regen lieben.

STUDENTIN Freilich. Zu Hause, da bin ich immer –

PFÖRTNERIN Und gegen Abend werden Sie von Ihrem Zimmer durch die erleuchteten Fenster gegenüber immer dieselben Kinder sehen, wie sie vom Nachmittagsunterricht heimkommen. Der Knabe wird sich ans Klavier setzen. Und das Mädchen wird immer –

STUDENTIN *träumerisch* Dann wird es stärker zu

regnen beginnen und dunkel werden. Ich öffne das Fenster. Und dieser leichte Rauchgeruch –

PFÖRTNERIN Wird immer in der Luft sein.

STUDENTIN Es regnet jetzt wirklich stärker.

PFÖRTNERIN Wenn Sie weiterkommen wollen? Wir haben geheizt, auch im Flur!

STUDENTIN *ohne noch den Fuß hineinzusetzen* Alles mit blauen Kacheln ausgelegt?

PFÖRTNERIN Ja.

STUDENTIN Es ist wirklich hübsch. Ich überlege nur, ob mein Pfarrer –

PFÖRTNERIN In jedem Zimmer weiße Vorhänge!

STUDENTIN Ob mein Pfarrer, wenn er sehen könnte, wie es hier ist –

PFÖRTNERIN Und natürlich Zentralheizung, Blumen, eingebaute Schränke!

STUDENTIN Er hat sich immer sehr um mein Wohlbefinden gesorgt.

PFÖRTNERIN Darum müßte er sich dann nicht mehr sorgen.

STUDENTIN *nachdenklich* Nein.

PFÖRTNERIN Nun sehen Sie!

STUDENTIN Ich überlege noch: wie ist es mit Weihnachten?

PFÖRTNERIN Oh, es ist immer gleich nahe, ohne daß es freilich käme. Aber es begann ohnehin in den letzten Jahren – *lächelnd* – als wir noch nach Jahren zählten – immer mehr zu veräußerlichen.

STUDENTIN	*für sich* Es ist nahe.
PFÖRTNERIN	Ja. Immer dieser milchige Himmel, der die Schneewolken voraussagt. Aber es schneit nicht. Die Schaufenster sind alle noch nicht dekoriert, aber doch kurz davor.
STUDENTIN	Ich wollte zu Weihnachten nach Hause fahren.
PFÖRTNERIN	Danach hätten Sie kein Verlangen.
STUDENTIN	Kein Verlangen?
PFÖRTNERIN	Da Sie ja eben von zu Hause kommen. Dieser Tag hat auch den Vorzug, daß er vom Sommer noch nicht gar zu weit entfernt ist. Es ist sogar der Tag, an dem der Sommer sich so recht entfaltet. Sie haben noch die Heimat, Felder, Wiesen, Heu im Sinn – ohne daß sie Ihnen freilich den Sinn verstörten!
STUDENTIN	Bei uns sind wenig Felder. Aber es ist wahr: eben dachte ich daran.
PFÖRTNERIN	Alles ist nahe.
STUDENTIN	Ja.
PFÖRTNERIN	Was überlegen Sie noch?
STUDENTIN	Unser Pfarrer –
PFÖRTNERIN	Sie werden nie Gefahr laufen, ihn zu enttäuschen. Ihr Herr Pfarrer –
STUDENTIN	Ich werde immer diese blaue Mütze tragen? *Greift an ihren Kopf.*
PFÖRTNERIN	Das versteht sich. Und auf dem Spaziergang immer Kinder mit ähnlichen Mützen treffen!

STUDENTIN Kinder, das ist gut!

PFÖRTNERIN Nette Kinder, fröhliche Kinder! Lachend laufen sie an Ihnen vorbei, streifen mit ihren Taschen die Ihre und jauchzen im Halbdunkel.

STUDENTIN O ja!

PFÖRTNERIN Treten Sie ein!

STUDENTIN *zögernd, schon mit dem Fuß auf der Schwelle* Sollte ich aber doch woanders wohnen wollen?

PFÖRTNERIN Woanders? Ich nehme an, Sie haben keine Verwandten in der Stadt.

STUDENTIN Sollte ich mich trotz allem nicht entschließen können?

PFÖRTNERIN So wird der Regen, der jetzt noch auf Ihren Mantel fällt, sehr schnell in Schnee übergehen. Alles wird vom heutigen Tag ab in einer rasenden Geschwindigkeit abzulaufen beginnen: Weihnachten wird kommen und ebenso schnell vorbei sein, der Sommer wird kommen und keinen Augenblick bleiben!

STUDENTIN Aber ich werde doch fertig studieren?

PFÖRTNERIN Die zehn Semester werden schneller vorbei sein als ein Vormittag bei uns, als ein paar freundliche und nicht zu schwierige Antrittsvorlesungen, die Sie zu hören hätten.

STUDENTIN Und ich werde die Praxis in meinem Heimatort übernehmen?

PFÖRTNERIN Eher werden Sie erschöpft und schwach die Hände für immer sinken lassen, als Sie hier nur von Ihrem kleinen Spaziergang unter dem leichten Regen zurückkehren, um eine Tasse Tee zu trinken und Ihre Kleider zu trocknen.

STUDENTIN Aber unser Pfarrer?

PFÖRTNERIN Ihr Herr Pfarrer, von dem Sie hier immer nur zwei Bahnstunden entfernt wären –

STUDENTIN Immer.

PFÖRTNERIN Ihr Herr Pfarrer wird dann längst gestorben sein. Was überlegen Sie noch?

STUDENTIN Ach, alles. *Sie zieht den Fuß zurück, die Tür des Heims für auswärtige Studentinnen schlägt zu, und es beginnt in großen, wässerigen Flocken zu schneien.*

Schweres Wasser

ALTE FRAU — Ich gehe hier im Regen.

ANDERE ALTE FRAU — Ich sahs von meinem Fenster – *schaut hinauf.*

ALTE FRAU — Mein Mantel stößt das Wasser ab.

ANDERE ALTE FRAU — *betastet den Mantel* Tatsächlich.

ALTE FRAU — Und glänzt nur immer stärker.

ANDERE ALTE FRAU — *nickt.*

ALTE FRAU — Dabei bleibt sichs nicht gleich, was ich jetzt lese. *Zeigt auf ein rotes Gebäude in einiger Entfernung.*

ANDERE ALTE FRAU — *schüchtern* Nein, freilich nicht.

ALTE FRAU — Bei Regen ›Chule‹, später –

ANDERE ALTE FRAU — Von meinem Fenster liest sichs ›Schule‹.

ALTE FRAU — Schule?

ANDERE ALTE FRAU — Ja, Mädchenschule.

ALTE FRAU — *unwirsch* Bleibt nur die Frage, ob die Tauben, sobald der Regen nachläßt, meinen Hut nicht beschmutzen werden.

ANDERE ALTE FRAU — *betastet den Hut:* Von Filz?

ALTE FRAU — Von grobem Filz. Und schwarz geädert. Die alte Machart.

ANDERE ALTE FRAU — Stößt kein Wasser ab?

ALTE FRAU — Nein, keins.

ANDERE ALTE FRAU — Sind alle Tauben hier?

ALTE FRAU — Ja, alle. *Flüsternd* Es liegt an meinem Hut.

ANDERE ALTE FRAU — Daß ich bisher noch nicht auf den Gedanken kam.

ALTE FRAU — Gedanken?

ANDERE ALTE FRAU — *weist mit dem Kopf nach dem Schulgebäude hinüber.*

ALTE FRAU — Das braucht oft lange.
ANDERE ALTE FRAU — Es lindert in der Tat.
ALTE FRAU — Es gibt Standpunkte, die lindern.
ANDERE ALTE FRAU — Ich bin auch ganz durchnäßt.
ALTE FRAU — Ihr Mantel?
ANDERE ALTE FRAU — Ja.
ALTE FRAU — Er schien mir hell und schwer.
ANDERE ALTE FRAU — Er ist durchlässig.
ALTE FRAU — *nickt* Die schweren Stücke, wissen Sie –
ANDERE ALTE FRAU — Aber mein Hut ist leicht.
ALTE FRAU — Das gibt zu denken. Und immer noch die Tauben, die nur warten, sich einem rasch auf Kopf und Kragen zu setzen, wenn es endet. *Zeigt auf den Himmel.*
ANDERE ALTE FRAU — Es ist mir jetzt bald, als erwartete ich sie.
ALTE FRAU — Mir nicht. Ich lese »Ule« bei Sonnenschein. Das deckt. *Pause* Nach einiger Zeit ist alles wieder still.
ANDERE ALTE FRAU — Und auch die Tauben?
ALTE FRAU — Weit verflogen.
ANDERE ALTE FRAU — Und ich? Ich kann die Wohnung lange nicht mehr wechseln. *Mit gerunzelter Stirne* Mädchenschule – Mädchenschule?
ALTE FRAU — Vom Himmel hoch.
ANDERE ALTE FRAU — *ängstlich* Schon bald?
ALTE FRAU — Die Sonne.
ANDERE ALTE FRAU — Bald?
ALTE FRAU — Noch bälder ist alles wieder still.

Die Auktion

AUKTIONATOR Zu versteigern sind ein Stück Himmelsblau und eine Kommode.

ZWISCHENRUFER Vom heutigen Tag?

AUKTIONATOR Die Kommode vom heutigen Tag, das Himmelsblau von vorgestern gegen elf, als in der Nähe des alten Krankenhauses zwei Straßenbahnen zusammenstießen.

Schweigen.

AUKTIONATOR Ferner ein Waldstück aus dem Jahre sechzehnhundertundvier, da gelegen, wo heute ein Teil der neuen Gefängnisse –

FRAU *in armseligem Pelz* Ich biete ein Kaninchen.

AUKTIONATOR Tot oder lebendig?

FRAU Lebendig.

AUKTIONATOR Wofür?

FRAU Für das Himmelsblau von vorgestern gegen elf, als in der Nähe des Krankenhauses –

AUKTIONATOR Des alten Krankenhauses –

FRAU Des alten Krankenhauses –

AUKTIONATOR *unterbricht sie* Kaninchen wird für Himmelsblau geboten. Zum ersten – *unterbricht sich* bedenken Sie, daß alles Himmelsblau von vorgestern gegen elf in die Hände der Frau übergeht, wenn niemand –

ZWISCHENRUFER Zwischenrufe sind nicht gestattet!

AUKTIONATOR Zum zweiten!

MANN *in schwarzem, glänzendem Mantel* Ich biete das alte Theater.

FRAU *beginnt zu weinen.*

AUKTIONATOR Offen oder geschlossen?

MANN Geschlossen.

AUKTIONATOR Wofür?

FRAU *weint jetzt lauter.*

MANN *mit einem mitleidigen Blick auf sie* Für das Waldstück aus dem Jahre sechzehnhundertundvier.

AUKTIONATOR *streng* Das Himmelsblau ist zur Rede!

MANN Verzeihung.

AUKTIONATOR *milder* Aber Sie wollten es doch?

MANN Nein.
Ich habe den Schulhof des Mädchengymnasiums vom Jahr zweitausend ab in Erbpacht gegeben gegen das alte Theater. Jetzt will ich für das alte Theater das Waldstück aus dem Jahre sechzehnhundertundvier. Ich habe die berechtigte Hoffnung auf Kaninchen.

ZWISCHENRUFER Ich an Ihrer Stelle –

AUKTIONATOR Ich muß um Ruhe bitten. Es ist immer noch das Himmelsblau zur Rede.

FRAU *flüsternd zu ihrer Nachbarin* Mein Sohn wurde nämlich bei dem Zusammenstoß verletzt, er war auf der Plattform der hinteren Straßenbahn!

AUKTIONATOR *eintönig* Bedenken Sie, daß alles Himmelsblau von vorgestern gegen elf, das Blau über der Pfandleihanstalt und das Blau über dem Ozean in die Hände der Frau übergeht, wenn niemand –

ZWISCHENRUFER *leise zu dem Mann* Ich an Ihrer Stelle würde sie das Blau nehmen lassen und dann das Kaninchen ersteigern!

MANN Ich dachte eben daran.

AUKTIONATOR Zum ersten. Bedenken Sie noch einmal!

FRAU *zur Nachbarin* Die Ärzte geben mir Hoffnung. Aber ich dachte, für alle Fälle!

AUKTIONATOR Zum zweiten. Bedenken Sie gut!

NACHBARIN Lassen Sies rahmen?

FRAU *nickt eifrig.*

AUKTIONATOR Zum dritten. *Mißmutig zu der Frau* Sie könnens holen.

FRAU *verschwindet in einem dunklen Nebenraum, gibt zuvor das Kaninchen beim Auktionator ab.*

AUKTIONATOR *traurig, das Kaninchen am Wickel* Der Himmel kommt jetzt in die falschen Hände.

ZWISCHENRUFER *eifrig* Alle Wälder!

NACHBARIN *gekränkt* Ihr Sohn ist bei der Steuer.

AUKTIONATOR Zu versteigern bleiben: Eine Kommode und ein Waldstück aus dem Jahre sechzehnhundertundvier –

ZWISCHENRUFER Und das Kaninchen?

AUKTIONATOR Ist noch ungeschätzt.

MANN *im glänzenden, schwarzen Mantel* Ich

biete: die Aufführung des alten Theaters vom elften November achtzehnhundertundsiebenundneunzig!

AUKTIONATOR Welcher Art?

MANN Operette.

AUKTIONATOR Welcher Operette?

MANN Mir nicht mehr erinnerlich.

AUKTIONATOR Wofür?

MANN Für das Kaninchen.

AUKTIONATOR Das Waldstück ist zur Rede.

MANN Ach so.

AUKTIONATOR Sie wußtens!

MANN Ich bin Maler und wohne auf einem stillen Platz. Mir geht es um Kaninchen.

AUKTIONATOR *schüttelt den Kopf.*

MANN Ich könnte auch noch die Freikarte zu einer Schüleraufführung im September zweitausendunddrei bieten. Das bringt alles mein Beruf mit sich.

AUKTIONATOR Welcher – *unterbricht sich* Für das Kaninchen?

MANN *nickt.*

AUKTIONATOR *abweisend* Zu versteigern bleiben: eine Kommode, ein Waldstück aus dem Jahre sechzehnhundertundvier –

ZWISCHENRUFER *stößt einen Ruf der Verachtung aus* Und?

AUKTIONATOR *holt tief Atem* Die Gitter dreier Kinderbetten aus der Infektionsabteilung.

ZWISCHENRUFER Ich wußte, daß er noch etwas im Rückhalt hat.

AUKTIONATOR *ohne sich stören zu lassen* Früher im privaten Haushalt in Gebrauch, später an das Kinderkrankenhaus abgegeben.

MANN *im glänzenden Mantel* Nehme ich.

AUKTIONATOR Sie bieten?

MANN Ein Treppengeländer. Stark glänzend.

ZWISCHENRUFER Einen Korb Orangen. Neue Ernte!

AUKTIONATOR *schüttelt den Kopf.*

MANN *unmutig* Was Sie wollen.

AUKTIONATOR Das reicht nicht.

MANN *atmet auch tief* Die Einladung zu einer Kinderjause; Mädchen. Frühherbst neunzehnhundertundelf. Fand ganz nahe von hier nicht statt, weil eines der Mädchen zwei Tage vorher an Scharlach starb.

AUKTIONATOR *streng* Das Mädchen – gings zur Schule?

MANN Es ging.

AUKTIONATOR Das Laub?

MANN Es spielte.

AUKTIONATOR Die Hutbänder?

MANN Sie flogen.

AUKTIONATOR Und waren hell?

MANN Genug!

AUKTIONATOR Den Ort will ich noch wissen.

MANN In der Nähe des alten Theaters, vielleicht nordwestlich. Die Tafel, die das Stockwerk bezeichnete, befand sich oberhalb der Tür. Zur rechten Hand, sie glänzte.

AUKTIONATOR *nachdenklich, mit dem Notizblock in der Hand* Nordwestlich – oberhalb der Tür –

MANN Es ging auf drei.

AUKTIONATOR Ich gebe zu bedenken, daß die Gitter, die hier zur Rede sind, vier Jahre lang im Freien lehnten, nach West-Nordwesten schauend und zugleich nach Osten –

MANN Das trifft sich.

AUKTIONATOR Oberhalb eines Platanenwipfels.

Schweigen.

AUKTIONATOR Bietet niemand mehr? *Erregt, unsicher* Ich kenne meine Werte. Ich rettete einmal mit Mühe ein Schirmgeschäft davor – ich rettete es –

ZWISCHENRUFER Wozu?

AUKTIONATOR Einen Laden mit Musikinstrumenten!

MANN *vor sich hin* Das Sonnenspiel.

AUKTIONATOR Ein ganz besonderes von hohem Wert. Sie kennen es?

MANN *nickt.*

AUKTIONATOR *streng* Der Geruch nach Lysol?

MANN Verging mit dem Rauschen der Röcke.

AUKTIONATOR Wo rauschten die Röcke?

MANN Die Straße nach Süden hinab, an drei Gärten vorbei.

AUKTIONATOR Schlug da nicht die Uhr? *Eindringlicher* Schlug die Uhr?

MANN *schüttelt den Kopf, zögernd* Es fehlte ihr ein Herzschlag auf drei.

AUKTIONATOR Sie könnens holen. *Läßt die Arme sinken und gibt das Kaninchen frei, das auf das Fensterbrett springt.* Wenn Sie es statt der weißen Gitter jetzt noch haben wollen?

KANINCHEN *springt drei Stockwerke tief in den Hof.*

MANN *beugt sich aus dem Fenster und sieht hinab* In Gottes Namen.

AUKTIONATOR So schließe ich die Auktion.

ZWISCHENRUFER *schluchzt. Es schlägt drei.*

Gute See

KINOKASSIERIN Schon wieder: Netze vor dem Eingang.

VORBEIPATROUILLIERENDER POLIZIST Und was geschieht damit?

KASSIERIN *zuckt mit den Schultern.*

POLIZIST Wenns Fischernetze wären –

KASSIERIN Ja.

POLIZIST Die brächten Glück am Morgen.

KASSIERIN *spöttisch* Haifischnetze, Thunfischnetze – Stockfischnetze –

POLIZIST Und alle angepaßt?

KASSIERIN *nickt* Ich eröffne jetzt.

POLIZIST *neugierig näherkommend* Was ist es heute?

KASSIERIN Hai.

POLIZIST Hai!

KASSIERIN *während sie das Netz vorsichtig vom Eingang löst, vor sich hin* Gute See – gute Seel – gute Seele –

POLIZIST Ich hör schon recht.

KASSIERIN Alle meine Entlein um sieben Uhr morgens, und die schmutzigen Leinenfetzen –

POLIZIST Ich höre.

KASSIERIN Vorsicht, daß es nicht bricht an der Biegung!

POLIZIST Freilich Vorsicht!

KASSIERIN Sonst ist alles umsonst.

POLIZIST *eifrig* Man merkt es daran, wie der Himmel die Blätter von den Alleebäumen einreißt.

KASSIERIN	*als hätte sie Nadeln zwischen den Lippen* Mhm.
POLIZIST	Wie leicht und wie rasch!
KASSIERIN	Die Übung! *Sie nimmt das Netz ab und legt es sorgfältig über ihren Arm.*
POLIZIST	*sieht ihr zu, wie sie das äußere Eisentor aufsperrt* Und jetzt?
KASSIERIN	Ich leg es zu den andern. *Sie sperrt ihre Box auf und legt es hinein.*
POLIZIST	Gut so.
KASSIERIN	Ich soll heute um zwei beim Friseur sein.
POLIZIST	Beim Friseur?
KASSIERIN	Vielleicht, daß ich ihm alle überlasse – *deutet auf die aufgestapelten Netze.*
POLIZIST	Wofür?
KASSIERIN	Ein finsterer Platz: Sommer und Winter bei künstlichem Licht. Viel Verwendung für Netze!
POLIZIST	Die kann leicht einer haben.
KASSIERIN	So leicht wie nicht leicht.
POLIZIST	*kaut an seinen Lippen* Kein Riß darin!
KASSIERIN	*spöttisch* Vielleicht soll ich aufs Fundamt gehen. Damit die See sich leichter fangen läßt.
POLIZIST	Aber nein.
KASSIERIN	Da gibt es grünere Flure!
POLIZIST	Ich weiß schon.
KASSIERIN	Schneiderflure zum Beispiel.
POLIZIST	Ich weiß.
KASSIERIN	*streicht leicht über das Netz.*

POLIZIST Wie das knistert.

KASSIERIN Ohne alle Gewähr.

POLIZIST Und auch sonst ohne alles.

KASSIERIN Das hat seinen Wert.

POLIZIST Haifischnetze hab ich gröber in der Idee gehabt.

KASSIERIN Ich auch. Aber es gibt Lampenschirmmachersflure, Opernflure, Flure von Konfiserien, da lernt mans begreifen, daß sie fein sein müssen.

POLIZIST Hai-ja!

KASSIERIN *sieht ihn erstaunt an.*

POLIZIST *mit einem Blick auf die Netze, fröstelnd* Das steigt!

KASSIERIN Was denn sollts tun?

POLIZIST *dringender* Aber Sie?

KASSIERIN Was ich gesagt hab. *Zwängt sich neben die Netze.*

POLIZIST Nur eines, wenn ich haben könnte!

KASSIERIN *kalt* Das wäre sehr einfach.

POLIZIST Hai oder Tintenfisch – mir käms darauf nicht an!

KASSIERIN Das glaub ich schon. Und dann die Kinder fangen, die sich vor drei herumtreiben.

POLIZIST *schweigt.*

KASSIERIN Oder?

POLIZIST Ich möcht nichts fangen. Ich ließ die Enten schwimmen und die Kinder in den Autobussen von der Schule nach Haus fahren.

KASSIERIN Weiter!

POLIZIST Das Weiß unter den Blättern ließ ich Silber heißen – wies heißt –

KASSIERIN *besänftigt* Das wär schon etwas.

POLIZIST ›Die Abendstunde Gold.‹

KASSIERIN Wies heißt.

POLIZIST Ich unterbräche keine Rechenstunde und kein Übungsstück und keinen Unterricht in keiner Sprache. Von allen Schulen links ließ ich die Wagen stehen, gewaschen wie sie sind.

KASSIERIN *nickt.*

POLIZIST Dann kehrt ich um –

KASSIERIN Und – und?

POLIZIST Und legte mich um sieben Uhr morgens in die schmutzigen Leinentücher, von denen grade die Toten aufgestanden sind.

KASSIERIN Und?

POLIZIST Drehte mich herum und hielt das Netz in meinen beiden Händen.

KASSIERIN Und?

POLIZIST Fing mich selber.

Wiederkehr

Ladenklingel des etwas abseits gelegenen Ladens für Schiffszubehör und Fischereiwaren.

1. MATROSE Hände hoch!
2. MATROSE Wenn wir auch ohne Waffen sind.
3. MATROSE Ich bewache die Tür.
INHABER *ein alter Mann* Was –
1. MATROSE Sie wissen es selbst.
ALTER MANN Ihre Wünsche?
2. MATROSE Erinnern Sie sich nicht?
3. MATROSE Sie haben uns vor drei Jahren Rettungsringe verkauft.
ALTER MANN Ich verkaufe viele Rettungsringe.
1. MATROSE Es war nichts damit.
ALTER MANN Ich weiß nichts mehr.
1. MATROSE Es war ein heißer Tag.
2. MATROSE Mittag wie heute.
3. MATROSE Auf Lager war nichts mehr, da holten Sie die Ringe aus dem Schaufenster.
ALTER MANN Ich erinnere mich nicht.
3. MATROSE Dort lagen gerade drei.
2. MATROSE Es war nichts damit.
ALTER MANN Ich weiß nicht, was Sie meinen.
3. MATROSE Wir meinen diesen Tag.
2. MATROSE Ein Sonntag.
1. MATROSE Sie hielten offen.
2. MATROSE Wir waren froh, daß Sie offenhielten.
1. MATROSE Als wir hereinkamen, blendete uns noch die Sonne.

ALTER MANN So?

2. MATROSE Die Klingel schrillte wie heute.

3. MATROSE Wir verlangten die Ringe und Sie gaben sie uns.

1. MATROSE Die drei Ringe aus dem Schaufenster.

2. MATROSE Verstaubte Ringe. Aber Sie sagten: wenn es darauf ankommt, wäscht die Flut sie ab.

ALTER MANN Sagte ich das?

2. MATROSE Ja. Wir waren zufrieden damit.

ALTER MANN Ich sage es öfter, wenn ich Ringe verkaufe. Es soll Glück bringen.

1. MATROSE Wir glaubten es auch.

2. MATROSE Die Nacht hing uns noch wie Musik in den Ohren.

3. MATROSE Wir zogen fröhlich ab.

ALTER MANN Alle meine Ringe sind verstaubt.

2. MATROSE Die Flut hat sie abgewaschen.

1. MATROSE Aber sonst –

3. MATROSE Es war nichts damit.

ALTER MANN Es ist möglich, daß die Ringe im Schaufenster durch die Sonne etwas abgebleicht wurden.

2. MATROSE Das auch –

3. MATROSE Aber nicht das allein.

1. MATROSE Sie waren zu schwer.

ALTER MANN Ich werde mich an den Fabrikanten wenden!

1. MATROSE Vielleicht waren sie nur für das Schaufenster bestimmt –

2. MATROSE Ja, vielleicht –

3. MATROSE Wir merkten es nicht gleich.

2. MATROSE Vielleicht waren sie auch nur wenig schwerer.

3. MATROSE Als das Boot sank, schwammen sie nicht.

1. MATROSE Das war auch ein sonniger Tag.

2. MATROSE Die Karibische See!

3. MATROSE Da kreuzten wir zum ersten Mal.

2. MATROSE Die Haie!

ALTER MANN Vielleicht hatten Sie die Ringe nicht richtig um den Leib.

2. MATROSE Die hatten wir schon richtig.

ALTER MANN Vielleicht hielten Sie sich nicht fest genug daran!

2. MATROSE Fest genug!

ALTER MANN Vielleicht rissen sie die Haie weg!

3. MATROSE Die kamen erst später.

ALTER MANN Wer kann das sagen?

1. MATROSE Wir.

2. MATROSE Heute am Tag unserer Auferstehung –

ALTER MANN Haben Sie Mitleid mit mir!

1. MATROSE Zu sonnig, um in den Himmel zu fahren.

3. MATROSE Aber still genug.

2. MATROSE Da wollten wir –

ALTER MANN Um der Gnade willen, in die Sie einziehen, lassen Sie mich in Frieden!

2. MATROSE Wir wollen Ihnen die Ringe wiedergeben.

3. MATROSE Sie sind zu schwer, um sie hinaufzunehmen.

ALTER MANN Wo sind sie?

1. MATROSE Sie liegen an der Mole.
2. MATROSE Wo wir herauftauchten.
3. MATROSE Kommen Sie mit!

An der Mole. In der Ferne steigt der Rauch ausfahrender Schiffe auf.

1. MATROSE Hier!
ALTER MANN *fast freudig* Da sind sie! Ich hätte nicht gedacht, daß ich sie wiedersehe.
3. MATROSE Wir auch nicht.
ALTER MANN So frisch und glänzend.
2. MATROSE Als wir heraufkamen, riß der Tang davon!
3. MATROSE Der Schlamm blieb unten.
ALTER MANN Ganz weiß, kein Fünklein Staub.
1. MATROSE Nein.
ALTER MANN Wie leuchtend rot die roten Streifen sind. Das wußte ich selbst nicht.

Schweigen. Die Sonne geht weg.

ALTER MANN *streicht zärtlich über die Ringe* Und die blaue Aufschrift: RD.
2. MATROSE Was soll das heißen?
ALTER MANN Rettungsdienst; es ist das Firmenzeichen.
3. MATROSE Ach so.
ALTER MANN Keine Bruchstelle.

Der Schatten verstärkt sich. Wind kommt auf.

1. MATROSE	Mich frierts.
2. MATROSE	Wir steigen bald auf.
ALTER MANN	Und Sie wollen sie – Sie wollen sie mir wirklich wiedergeben?
3. MATROSE	Ja.
ALTER MANN	Und ich soll nichts dafür bezahlen?
2. MATROSE	Nein.
ALTER MANN	Ich darf sie wieder nehmen, als hätte ich sie nie verkauft?
DIE MATROSEN	*nicken.*
ALTER MANN	Und tun, was ich will damit?
1. MATROSE	*schiebt seinen Ring mit dem Fuß halb über den Rand der Mole.*
ALTER MANN	Was tun Sie?
1. MATROSE	Beinahe wäre er wieder zurückgefallen.
ALTER MANN	Gott bewahre!
2. MATROSE	*schaut zum Himmel auf* Ein schattiger Sonntag wird das heute.
3. MATROSE	Meinen Auferstehungstag, den hätte ich mir auch anders gedacht.
2. MATROSE	Die Sonne kommt jetzt nicht mehr, aber es ist noch still.
1. MATROSE	Zeit, aufzufahren! *Sie fahren in den Himmel.*
ALTER MANN	*legt die Hände über die Augen, ruft ihnen nach* Ich bleibe in Ihrer Schuld! *Packt die Ringe über den Arm, humpelt*

über die Mole gegen die Stadt und seinen Laden zurück.

Ladenklingel.

ALTER MANN *in den leeren Raum hinein* Ich bins nur. *Er legt die Ringe in das Schaufenster zurück.*

Im jungen Grün

SEVERIN	Eine kurze Gasse zu meiner Ehre!
SEIN BEGLEITER	*nickt* Sie wußtens.
SEVERIN	Und wer ist es, der hier –
BEGLEITER	Eine alte Frau.
SEVERIN	Allein? Zum Befragen geeignet?
BEGLEITER	Allein. Mit dem Blick auf die Baumkronen. Die Eisläden ringsherum sperren. *Stößt ein Haustor auf* Was noch?
SEVERIN	*schon auf der Treppe* Ich wollte – *nachdenklich* Nichts. Ich wollte erst später –
BEGLEITER	*läutet, Schritte von innen* Lassen Sie mich jetzt reden!
ALTE FRAU	*ihre Schlüssel suchend* Wer ist draußen?
SEVERIN	Wir kommen –
BEGLEITER	Vom Verein zur freien Meinungserforschung.
ALTE FRAU	Dazu gehöre ich nicht.
BEGLEITER	Deshalb! Wir befragen nur solche.
SEVERIN	Sie wurden erwählt –
BEGLEITER	*wirft ihm einen ärgerlichen Blick zu* Ihr Herr Pfarrer hat uns an Sie empfohlen.
ALTE FRAU	*halb öffnend* Er hat Sie nicht angemeldet. Er weiß auch, daß heute kein guter Tag ist.
BEGLEITER	Von heute weiß er nichts. Er weiß nur, daß wir im Laufe dieser Zeit –
ALTE FRAU	Ihr Verein ist mir unbekannt.
BEGLEITER	Wir wollten Sie damit bekannt machen. Wir sind öffentlich gefördert. *Zieht ein Papier aus der Rocktasche.*

ALTE FRAU *zögernd, ohne es anzuschauen* Wenn Sie weiterkommen wollen. Aber ich bin in Eile!

SEVERIN *eintretend, schüchtern seinen Namen murmelnd* Guten Abend!

ALTE FRAU Ist es schon so spät? Eben hörte ich noch die Kinder von der Gasse herauf.

SEVERIN *stehenbleibend, ungeschickt* Die Kinder hört man nicht mehr.

ALTE FRAU Hier durch. Ich trinke eben Tee. *Schiebt Stühle in den Erker.* Wie ist es nun mit Ihrer freien Meinungserforschung? Worauf bezieht sie sich?

SEVERIN Auf alles.

BEGLEITER *hastig* Nicht nur auf Meinungen. Auch auf Gewohnheiten, Tätigkeiten –

ALTE FRAU Gewohnheiten, Tätigkeiten?

BEGLEITER Soweit die Meinungen davon herrühren.

ALTE FRAU *beunruhigt* Aber ich darf mich nicht verspäten. *Schenkt Tee ein.* Ich höre heute abend einen Vortrag.

BEGLEITER Einen Vortrag?

ALTE FRAU ›Der heilige Severin und sein Begleiter‹.

SEVERIN *erregt* Sein Begleiter –

ALTE FRAU Das Thema liegt Ihnen wohl fern.

BEGLEITER Das will ich nicht behaupten. Aber es klingt uns, als gehörte es zu einer Reihe.

ALTE FRAU *nickt* Eine Reihe. Ich höre sie gemeinsam mit meiner Nichte.

BEGLEITER Ihre Nichte –

ALTE FRAU Es ist ein guter Anlaß, einander wiederzusehen. Wir vereinbaren uns für gewöhnlich einige Minuten vorher. *Sieht auf die Uhr.* Nach dem Vortrag begleitet sie mich ein Stück Wegs heim.

BEGLEITER Und Sie besprechen das Gehörte?

ALTE FRAU Ja. *Sieht ihn aufmerksam an* Wir besprechen das Gehörte. *Darüber hinweg.* Manchmal gehen wir auch noch eine Haltestelle lang zu Fuß miteinander, an warmen Abenden kommt es vor, daß ich mich plötzlich hier unten an der Ecke finde, mit roten Wangen, umgeben von den Worten – ganz umgeben – als wäre ich wieder jung! Verstehen Sie mich recht?

BEGLEITER Die Vorträge sind wöchentlich, nicht wahr?

ALTE FRAU *nickt* Wöchentlich.

BEGLEITER *mit einem Notizbuch* Noch sieben vor dem Sommer?

ALTE FRAU Noch sieben.

SEVERIN Nein.

ALTE FRAU Ja, sieben.

SEVERIN Es sind keine sieben mehr.

ALTE FRAU Wieviele denn?

BEGLEITER Sieben, seien Sie versichert.

ALTE FRAU *lächelnd* Meine Nichte und ich, wir müßten uns gründlich geirrt haben. Wir haben seit langem errechnet, daß die

Reihe bis Ende Juni läuft, bis zum Beginn des Sommers!

BEGLEITER So lange läuft sie auch.

ALTE FRAU Anschließend wollten wir auf Ferien gehen, nicht weit und nicht lange –

BEGLEITER Und im Herbst verschreiben Sie sich einer neuen Vortragsreihe?

ALTE FRAU Ja. Ich besuche seit Jahren Vorträge; sie halten einen immer aufrecht und auf dem laufenden.

BEGLEITER Und lassen Sie die Vortragenden von dieser Wirkung wissen?

ALTE FRAU Das tue ich, ich schreibe öfter Briefe. Das vertreibt die Abende, an denen meine Nichte nicht bei mir ist.

BEGLEITER Auch in der hellen Zeit?

ALTE FRAU Die letzten Wochen bestärkten mich darin. Wenn ich im jungen Grün spazierengehe, kommen mir die Worte oft wie geschenkt!

SEVERIN Es sind keine sieben Vorträge mehr.

ALTE FRAU Aber Sie können es lesen. Es ist angeschlagen.

BEGLEITER Sie werden ihn nicht überzeugen.

ALTE FRAU Hellgrüne Plakate!

SEVERIN *schüttelt den Kopf.*

BEGLEITER Sie sehens selbst. – Und nächsten Sommer?

ALTE FRAU Eine Reise. Einzelne der Vortragenden veranstalten Sommerreisen.

BEGLEITER	Und nächsten Herbst?
ALTE FRAU	Da wollen wir – *zögert, lächelt* – Nun: wieder Vorträge hören.
BEGLEITER	Und übernächsten Sommer?
ALTE FRAU	Ferien! Vielleicht, daß ich dann endlich mit meiner Nichte zusammenziehe –
BEGLEITER	Und übernächsten Herbst?
ALTE FRAU	Vorträge. *Noch immer lächelnd.* Wirklich, wenn ich die Zukunft überdenke, sehe ich uns immer unter den Bäumen dahingehen und das Gehörte besprechen!
SEVERIN	Keine sieben Bäume mehr.
BEGLEITER	Und den Sommer danach?
ALTE FRAU	*nachdenklich, mit gerunzelter Stirn* Den Sommer?
SEVERIN	Kein Sommer mehr!
BEGLEITER	Aber den Herbst danach?
ALTE FRAU	*lehnt sich zurück* Ich sehe immer: schwarz-grün, schwarz-grün, schwarz-grün. Mir ist schwindlig! Wenn ich den heutigen Vortrag versäume, sind Ihre Fragen schuld!
SEVERIN	*eindringlich, beugt sich zur ihr* Es ist kein Vortrag mehr!
ALTE FRAU	*ängstlich, zum Begleiter* Sie wissens! Sie sehen mich durch eine graue Gasse gehen, die in Bäumen endigt, gebückter vielleicht und weniger erregt, aber Sie sehen mich! Sie wissens, was in diesem Herbst nach den zwei Herbsten ist!

BEGLEITER Sie wissen es! Und Sie sagens mir auch gleich!

SEVERIN Es ist kein Herbst mehr! *Er steht auf.*

BEGLEITER Viele Herbste.

ALTE FRAU Einer von Ihnen –

BEGLEITER Was werden Sie im dritten Herbst von heute ab gerechnet tun?

ALTE FRAU *mühsam* Was werde ich im dritten Herbst von heute ab – im dritten Herbst von heute ab gerechnet – was werde ich im dritten Herbst – *starrer, den Zusammenhang schon verlierend* – im dritten Herbst von heute ab –

BEGLEITER Was werden Sie da tun?

SEVERIN *hinter ihr* Es sind jetzt keine sieben Worte mehr.

ALTE FRAU Ich werde – *Überlegt mühsam.*

BEGLEITER *vor ihr* Sie wissens!

SEVERIN Sie wissens nicht!

BEGLEITER *beugt sich dicht über sie, an ihrem Ohr* Im jungen Grün spazierengehen – Sie werden dann mit Ihrer Nichte im jungen Grün spazierengehen – im jungen Grün – im jungen Grün – wiederholen Sie: Im jungen Grün spazierengehen –

ALTE FRAU *aufgerichtet, ruhiger* Ich weiß es nicht. *Severin schließt ihr die Augen, nimmt sie in seine Arme, und geht an dem Begleiter vorbei, die Treppen hinunter.*

Sonntagsdienst

STEWARDESS DES PASSAGIERFLUGZEUGES LONDON–JOHANNISBURG *kommt langsam über den schon etwas dämmrigen Gang der Nervenklinik und klopft an der Tür des Assistenzarztes* Guten Abend.

ARZT Ist es schon so spät? Ich dachte, es wäre – der Vormittag ging heute so unvermittelt in den Nachmittag über. Wer nicht gezwungen ist, die Mahlzeiten einzuhalten, könnte Tag und Nacht vertauschen!

STEWARDESS Es geht auf vier.

ARZT Ich hatte gerade das Fenster geöffnet, um die Spatzen zu füttern.

STEWARDESS Ich sah es. Ich kam den Weg vom Park herauf.

ARZT Aber sie waren nicht sehr hungrig. Der Tag ist heute feucht genug, um sie ihr Futter selbst finden zu lassen.
Gut, daß Sie kamen. Ich liebe Tage nicht, an denen man in Dienst ist und sich außer Dienst fühlt.

STEWARDESS Deshalb bin ich auch hier.

ARZT Sie lösen mich gewissermaßen von mir selbst ab, kommen Sie! Setzen Sie sich hier nieder. Und verzeihen Sie, ich vergaß, mich vorzustellen: –

STEWARDESS Ich kenne Sie.

ARZT *munter* Vom Sehen wahrscheinlich. Es scheint mir auch, als hätte ich Sie schon einmal auf dem Gang gesehen. Sie warteten auf jemanden.

STEWARDESS Ich wartete auf Sie.

ARZT Auf mich?

STEWARDESS Es war Sonntag wie heute und Sie hatten Dienst. Ein hellerer Tag. Dann wurden Sie gerufen. *Zögernd* Es ist schade.

ARZT *ungeduldig* Jetzt fanden Sie mich.

STEWARDESS Es war besseres Flugwetter damals.

ARZT Sie sind die Patientin, die mir überwiesen wurde. Für heute um vier Uhr bestellt? *Er sieht auf die Uhr.*

STEWARDESS Ich tue Dienst auf der Linie London–Johannisburg.

ARZT Da liegt unsere Stadt etwas ab.

STEWARDESS Sie liegt auf meiner Linie.

ARZT Unsere Klinik wiederum liegt weit entfernt vom Flugfeld.

STEWARDESS Ich komme leicht her. Zu dieser Stunde –

ARZT Es ist noch nicht vier.

STEWARDESS Und in dieser Höhe.

ARZT In welcher Höhe?

STEWARDESS Des Augenblicks, in dem Sie das Fenster aufstoßen und sich dienstfrei fühlen, ohne es zu sein.

ARZT Wie hoch ist dieser Augenblick?

STEWARDESS In der Höhe des Atlantik. Vielleicht viertausend über dem Spiegel.

ARZT Das ist nicht sehr genau.

STEWARDESS *eifrig* Ich könnte es Ihnen auch genauer angeben. Nach Breitengraden –

ARZT Danke. Mir ist der Augenblick zu unnütz, und die Wolken über dem Infektionspavillon ziehen mir zu schnell. Der Himmel hier: bald hoch, bald niedrig. Die Sonne: bald als schiene sie und bald, als schien sie nicht.

STEWARDESS Der Höhe nach auf Tausendstel genau.

ARZT Zu unnütz für so viel Genauigkeit.

STEWARDESS *dringender* Southampton ist passiert, seit einer halben Stunde –

ARZT *für einen Augenblick lächelnd* Da landen wir wohl nicht mehr?

STEWARDESS *schüttelt den Kopf.*

ARZT Bemühen Sie sich nicht weiter. Ich werde hier noch einige Jahre arbeiten. Und nicht einmal die Spatzen, die ich füttere, erkennen mich dann wieder.

STEWARDESS Es ist alles feststellbar.

ARZT Was nützt mirs, wenn ich selber nichts mehr feststelle?

STEWARDESS Deshalb.

ARZT Was wollen Sie?

STEWARDESS *unruhig* Ich bin noch nicht lange im Dienst.

ARZT Ängstigen Sie sich?

STEWARDESS Seit kurzem.

ARZT Wie lange ist es her?

STEWARDESS Seit dem 23. August.

ARZT Seit dem 23. August?

STEWARDESS Ein Sonntag. Ich hatte Dienst.

ARZT Vermutlich auch ich.

STEWARDESS Seither ängstige ich mich jeden Sonntag, an dem ich Dienst habe.

ARZT Sonst nie?

STEWARDESS Nein. Und auch da nicht den ganzen Tag. Von drei bis sechs.

ARZT Das ist verhältnismäßig kurz.

STEWARDESS *wieder zögernd* Es ist immer.

ARZT *freundlich* Der Vormittag, der Abend? Die Wochentage?

STEWARDESS *schüttelt den Kopf.*

ARZT Wie schön!

STEWARDESS *flehend* Sie wissen, was sonntags von drei bis sechs bedeutet. Wie lang es schon bis vier ist.

ARZT Was hilft es Ihnen?

STEWARDESS Wir haben dieselbe Diensteinteilung. Sonntags alle drei Wochen, manchmal auch schon nach vierzehn Tagen. Es wechselt nach einem bestimmten Plan.

ARZT Das hatten Sie schnell heraus.

STEWARDESS Wer Angst hat –

ARZT Und vor dem 23. August?

STEWARDESS Da hatte ich Zeit. Alle Werktage und auch Sonntag vormittags. Um drei Uhr stiegen wir auf.

ARZT Hatten Sie Angst?

STEWARDESS Nicht gleich. Aber ich bemerkte zum

ersten Mal auch in viertausend Meter Höhe, daß es Sonntag war. Und daß wir keine Richtung flogen, die uns Hoffnung gab, in einen Montag hineinzukommen.

ARZT Das kenne ich.

STEWARDESS Kurz vor vier bekam ich den Auftrag, Notmaßnahmen zu ergreifen.

ARZT Und wann –

STEWARDESS Erst nach sechs gingen wir nieder. In einen Uferstreifen, in den Schlick. Die Maschine brannte.

ARZT Am 23. August nach sechs –

STEWARDESS Sie nahmen Ihren Hut und gingen stadtwärts.

ARZT Es ist möglich. Ich erinnere mich nicht mehr.

STEWARDESS Ich erinnere mich.

ARZT Weshalb sind Sie gekommen?

STEWARDESS Weil ich elf Leuten aus dem Feuer half, aber dem zwölften nicht. Ich drängte mich vor ihn.

ARZT Seither –

STEWARDESS Ich suchte Sie seither.

ARZT Die Behandlung hier –

STEWARDESS *rasch* Ich wollte Sie bitten, von drei bis sechs meinen Dienst zu übernehmen.

ARZT Wann?

STEWARDESS Nur an den Sonntagen, an denen Sie Dienst haben und die Spatzen füttern, an denen niemand kommt. *Als er zögert* Das ist selten für Sie, aber für mich ist es immer.

ARZT Woraus besteht der Dienst?

STEWARDESS Von drei bis vier aus Unruhe. Später aus Angst. Um sechs springe ich zuverlässig ein.

ARZT *nachdenklich* Tat ich nicht schon einige Male Ihren Dienst?

STEWARDESS Zum Teil. Jetzt bitte ich Sie.

ARZT Und wie lange?

STEWARDESS Bis es mir gelingt, den zwölften vorzulassen, bis ich den Augenblick gewinne und die drei Stunden aus der Welt schaffe. *Als er noch immer zögert* Bis ich dem Feuer und dem Morast begegne, frisch wie ein Kind, das aus dem tiefen Schlaf erwacht und noch die Engel sieht! Wir haben nicht umsonst dieselbe Diensteinteilung.

ARZT *nickt ihr zu* Wir wollen sie nicht umsonst haben. *Sie ist gegangen.*

Tauben und Wölfe

MÄDCHEN	Guten Abend.
SEKTIERER	*der auf einem alten, dunklen Eßtisch Lebensmittel ordnet* Guten Abend.
MÄDCHEN	Ich bin hierher bestellt.
SEKTIERER	Haben Sie die Karte bei sich?
MÄDCHEN	Ja. Es stand ja drauf. *Sie beginnt zu suchen, kramt in ihrem Täschchen, findet die Karte endlich* Hier!
SEKTIERER	Manche vergessen sie nämlich. Das macht Umstände.
MÄDCHEN	Nein, ich nicht.
SEKTIERER	Sie bekommen ein Lebensmittelpaket.
MÄDCHEN	Ja?
SEKTIERER	Und auch etwas wollenes Zeug.
MÄDCHEN	Das ist gut. Es ist ohnehin noch kalt.
SEKTIERER	Sie hätten es schon früher haben können, aber ich bekomme die Sachen aus Kalifornien. Manchmal haben sie Verspätung.
FRAU DES SEKTIERERS	*aus dem Nebenzimmer* Wirst du mit allem fertig, Friedrich?
SEKTIERER	Mit allem.
FRAU	Und bald?
SEKTIERER	Bald.
MÄDCHEN	Ich dachte nicht, daß ich überhaupt etwas bekäme.
SEKTIERER	Unsere Zentrale ist in Kalifornien.
MÄDCHEN	Ich kenne auch in Kalifornien niemanden.
SEKTIERER	Die Auswahl trifft nicht die Zentrale.

MÄDCHEN Ach so.

SEKTIERER Die Auswahl treffe ich.

FRAU Bist du bald fertig, Friedrich?

SEKTIERER Bald.

FRAU Eil dich, aber hetz dich nicht!

MÄDCHEN *ängstlich* Ich kenne auch Sie nicht.

SEKTIERER Sind Sie bedürftig?

MÄDCHEN Doch, ja.

SEKTIERER Das genügt.

MÄDCHEN Aber –

SEKTIERER *während er die Schachtel zuschnürt* Der Inhalt des Paketes ist: zwei Kilogramm Reis, drei Tafeln Schokolade, sie kann auch als Trinkschokolade verwendet werden, vier Dosen Kondensmilch, eine wollene Weste.

MÄDCHEN Vielen Dank!

SEKTIERER Unsere Zentrale ist in Kalifornien.

FRAU Fertig, Friedrich?

SEKTIERER Gleich. *Zu dem Mädchen* Meine Frau betreibt eine Geflügelfarm.

FRAU Es geht auf drei.

SEKTIERER Nach drei gehen wir immer hin.

MÄDCHEN Geflügel?

SEKTIERER Ja. Seltene Vögel: Tauben mit weißen Sporen, Fasane, alle Arten von Hühnern. Einmal hatten wir auch einen Strauß.

MÄDCHEN Einen Strauß?

SEKTIERER Wenn Sie Lust haben, begleiten Sie uns!

MÄDCHEN *zögert.*

SEKTIERER Ich denke, Sie wollen zur Straßenbahn.
MÄDCHEN Ja.
SEKTIERER Es liegt am Weg. *Ins Nebenzimmer* Kommst du, Leonie?
FRAU Ich komme.

Vor dem Haus, dann weiter auf dem Weg zur Geflügelfarm.

MÄDCHEN Ich weiß noch immer nicht, wieso –
SEKTIERER Erlauben Sie, daß ich Ihnen die Schachtel solange abnehme!
FRAU Ein windiger Tag heute.
MÄDCHEN Wenn ich auch schon öfter hier vorbeigefahren bin –
SEKTIERER Sicher mit der Bahn?
MÄDCHEN Ja. Mit der Bahn. Und da fiel mir Ihr Haus auf, etwas abseits neben der Ziegelei, mit den weißen Vorhängen an den Fenstern, mit dem Zaun – *Als die beiden andern schweigen, etwas hilflos* – weil es so klein ist – *als die beiden andern noch immer schweigen* Wenn man vorüberfährt, sieht es aus, als ob man gut darin wohnen könnte, nur –
FRAU *scharf* Nur?
MÄDCHEN Von der Bahn sieht man den Fluß und das Haus. Und da meint man, man müßte von dem Haus auch den Fluß und die Bahn sehen.

FRAU Man sieht nur die Bahn.

MÄDCHEN Ja. *Als käme sie zu sich* Aber ich wollte etwas anderes sagen.

SEKTIERER Wir biegen jetzt hier ein.

MÄDCHEN Ich wollte fragen –

FRAU Hier sind wir an den Kohlenplätzen.

MÄDCHEN Ich sah Ihr Haus von der Bahn, weil ich da zur Arbeit fuhr und von der Arbeit nach Hause. Und manchmal dachte ich: Hier ließe es sich leben. Aber es kann ja nicht sein, daß Sie deshalb gerade mich – *stockt* daß ich deshalb von Ihnen – *schaut seitwärts auf das Paket.*

SEKTIERER Sie sahen sicher auch die Kohlenplätze.

MÄDCHEN *mutlos* Ja.

FRAU Unsere Geflügelfarm liegt mitten darinnen.

MÄDCHEN *schweigt.*

FRAU Man möchte es kaum vermuten.

MÄDCHEN *wieder wie im Schlaf wie vorhin, als sie von dem Fluß sprach* Einmal sah ich eine weiße Taube über die Kohlenberge herüberfliegen. Sie kreiste eine Weile, beschrieb einen großen Bogen und kehrte wieder um. Da wunderte ich mich, ich dachte, wieso –

FRAU *schnell* Sie gehörte sicher zu uns.

MÄDCHEN Ja, wahrscheinlich.

FRAU Sie machen es alle zu Beginn.

MÄDCHEN Zu Beginn?

FRAU Niemand kann sie hindern, über die Kohlenplätze zu fliegen und ihre Flügel zu beschmutzen.

SEKTIERER Manche von ihnen fliegen sogar auf die andere Flußseite zu den armseligen Häusern dort hinüber.

FRAU Wir können kein Netz unter den Himmel spannen.

SEKTIERER *lacht* Es würde auch nicht lohnen!

FRAU Später hören sie von selbst damit auf.

SEKTIERER *ruhig* Später.

FRAU Da merken sie, daß unsere Körner besser sind als der Kohlenstaub, der hier immerfort unter den Füßen knirscht.

SEKTIERER Als der Sand zwischen den Dachschindeln drüben.

MÄDCHEN *unsicher* Das kann ich mir denken, daß die besser sind.

FRAU Ja, nicht wahr? Es ist leicht zu denken.

Schreien vom Fluß herauf.

MÄDCHEN Was ist das?

FRAU Nichts.

SEKTIERER Kinder, die auf der Zille unten spielen.

FRAU Rangen!

1. KIND *fern, aber deutlich* Wer fürchtet sich vor Schnee und Eis?

DIE ANDERN Niemand!

1. KIND Wer freut sich auf Schnee und Eis?

KINDER Alle!
I. KIND Wer hat Wölfe gesehen?
KINDER Wir!

Poltern auf Holz, als liefen sie davon, die Stimmen entfernen sich.

MÄDCHEN Wölfe?
SEKTIERER Sie spielen es immer unten auf der Zille.
FRAU Sie können es nicht lassen.
SEKTIERER Seit einmal drüben am andern Flußufer zwei Wölfe gesehen wurden.
MÄDCHEN Wirkliche Wölfe?
SEKTIERER Wahrscheinlich eine Luftspiegelung.
FRAU Ein Gerücht.
SEKTIERER Es ist auch schon lange her.
MÄDCHEN Ich habe nie davon gehört. *Zu dem Sektierer* Aber Sie sollten mir jetzt das Paket geben – wirklich –
SEKTIERER Sie bekommen es rechtzeitig.
MÄDCHEN Sie tragen es schon zu weit! Nicht nur daß Sie es mir schenkten – Sie tragen es auch! Und ich weiß noch immer nicht, warum –
SEKTIERER Sie begleiten uns dafür.
MÄDCHEN Warum –
FRAU Wir sind gleich da.
MÄDCHEN Ich meine: warum überhaupt, warum gerade ich, warum gerade mir, – dieser Wind! *Streicht sich die Haare aus dem Gesicht.*

FRAU Nur noch wenige Schritte!

MÄDCHEN Es ist doch ein anderer Weg als der, den ich kam.

FRAU Aber es war nicht weit von hier, daß Sie die Taube sahen, nicht wahr?

MÄDCHEN Nein, ich glaube, es war nicht weit.

FRAU Vielleicht war es ganz nahe.

MÄDCHEN Vielleicht. *Unsicher* Aber das ist von oben nicht so leicht zu erkennen. Solange man nur über den Viadukt fährt.

SEKTIERER *öffnet die Tür zur Geflügelfarm.*

FRAU Hier sind wir.

MÄDCHEN *klatscht in die Hände* Die schönen Vögel!

SEKTIERER Nicht wahr?

MÄDCHEN Fasane, Perlhühner!

FRAU Und Tauben.

MÄDCHEN Ja, Tauben, eine Menge.

SEKTIERER Und andere als auf den Dächern in der Stadt, nicht wahr?

MÄDCHEN Wie hübsch sie sind! Man möchte es nicht glauben: mitten zwischen den Lagerplätzen und Sägewerken.

FRAU Erkennen Sie sie wieder?

MÄDCHEN Wen?

FRAU Die Taube, die Sie sahen.

MÄDCHEN *lacht* Die soll ich wiedererkennen?

SEKTIERER Wir dachten es.

MÄDCHEN Ich sah sie nur von ferne, vom Viadukt her –

FRAU *schnell* War es diese?

MÄDCHEN Diese? Nein, sie hatte dunklere Flügel.

FRAU Oder diese?

MÄDCHEN Nein, sie hatte größere Sporen.

FRAU Dann diese?

MÄDCHEN Sie hatte einen Federhelm auf dem Kopf.

SEKTIERER Größere Sporen, dunklere Flügel und einen Federhelm auf dem Kopf.

MÄDCHEN Aber bemühen Sie sich nicht!

SEKTIERER So ist es keine von diesen?

MÄDCHEN Es sind genug andere hier.

FRAU Erkennen Sie sie nicht wieder?

MÄDCHEN Muß ich sie wiedererkennen? Genügt es nicht, daß ich sie über die Kohlenberge fliegen sah, daß ich sie von weitem sah, warum, warum – *ihre Stimme verwandelt sich in das Gurren einer Taube.*

SEKTIERER Genug gefragt!

FRAU Und um ein Haar zu viel. *Sie beginnt, die andern Vögel zu füttern.*

SEKTIERER *öffnet die Schachtel, nimmt die Lebensmittel heraus und sperrt die Taube hinein*
In Frieden! Der Himmel zählt dich mit!

Schreien vom Fluß herauf. Die Kinder haben ihr Spiel wieder begonnen, aber man versteht ihre Rufe nicht mehr.

Hohe Warte

ERSTER ZWERG	*schlüpft aus einer der Flaschen, die neben der Gartenmauer zu einem Berg gestapelt sind.*
ZWEITER ZWERG	Nun? Wie ist es?
ERSTER ZWERG	Töne: Kla – vier – ü – ben.
ZWEITER ZWERG	*kichert* Quer durch die Gärten?
ERSTER ZWERG	Quer durch.
ZWEITER ZWERG	Und das Licht?
ERSTER ZWERG	Absinkend: heißt auch Nachmittag.
ZWEITER ZWERG	Brav gelernt! *Muß laut lachen.*
ERSTER ZWERG	Still! Bleib still in der Flasche!
ZWEITER ZWERG	*noch immer lachend, nur leiser* Gut gehorcht!
ERSTER ZWERG	Gut gehorcht. *Er besteigt einen Berg vorjährigen Laubes, legt die Hand auf die Brust, pathetisch* Geboren aus dem letzten Rest, gehorcht durch den offenen Hals, behalten für – – – *stockt, bricht ab.*
ZWEITER ZWERG	*begeistert* Behalten für!
ERSTER ZWERG	*nachdenklich* Für?
ZWEITER ZWERG	*nach der Melodie eines Kinderliedes* Behalten für, für, für! Behalten für, für, für! Behalten –
ERSTER ZWERG	*rutscht von dem Laubberg* Frag weiter!
ZWEITER ZWERG	Was macht mein Brennesselfeld?
ERSTER ZWERG	Wächst und gedeiht. Treibt Blüten, so wies in sciner Macht steht.
ZWEITER ZWERG	Und die alte Raupe?
ERSTER ZWERG	Sie schläft im Freien.
ZWEITER ZWERG	Die Kellereien und die Färbereien?

ERSTER ZWERG Lassen den Himmel über sich wie er ist!

ZWEITER ZWERG *unruhig* Auch die Sektkellereien?

ERSTER ZWERG Die auch.

ZWEITER ZWERG Und das Polizeipräsidium?

ERSTER ZWERG Auch.

ZWEITER ZWERG *singt wieder* Auch, auch, auch – auch, auch, auch, auch –

ERSTER ZWERG Blau.

ZWEITER ZWERG Auch blau, auch blau – auch, auch, auch –

ERSTER ZWERG Still!

ZWEITER ZWERG Still? *Nachdenklich* Wieviel Fragen bleiben mir noch?

ERSTER ZWERG Sieben.

ZWEITER ZWERG Zuviel!

ERSTER ZWERG Drei.

ZWEITER ZWERG Zuwenig!

ERSTER ZWERG Sieben oder drei!

ZWEITER ZWERG *listig* Wenn ich dich wegen der Wetterwarte fragte, was sagtest du darauf?

ERSTER ZWERG Ich sagte: die rote Bahn fährt in großer Entfernung sehr schnell daran vorbei.

ZWEITER ZWERG Wegen der Kirchenmauer und der Leihbücherei?

ERSTER ZWERG Dasselbe.

ZWEITER ZWERG Aber wegen der Villenbesitzer?

ERSTER ZWERG Ich sagte: sie bauen Lauben und züchten Rehe.

ZWEITER ZWERG Und wegen der Weinberge?

ERSTER ZWERG Sie fallen ab.

ZWEITER ZWERG Das sagtest du?

ERSTER ZWERG Kein Wort anders.

ZWEITER ZWERG Lang – wei – lig.

ERSTER ZWERG *ausbessernd, geduldig* Nach – mit – tag.

ZWEITER ZWERG Wenn ich dich aber –

ERSTER ZWERG Wenn du mich fragtest, hast du schon gefragt.

ZWEITER ZWERG *wälzt sich zornig in der Flasche, will sie sprengen* Verpufft! Verpulvert! Verloren!

ERSTER ZWERG Alles mit Maß.

ZWEITER ZWERG *nach einer Weile, als er sich beruhigt hat* Wieviel Fragen bleiben mir noch?

ERSTER ZWERG Drei.

ZWEITER ZWERG Sieben oder drei?

ERSTER ZWERG Drei.

ZWEITER ZWERG *nach längerem Nachdenken* Sitzt irgendwo ein Knabe an seinem Tisch?

ERSTER ZWERG Ja.

ZWEITER ZWERG Sein Vater?

ERSTER ZWERG Ist nicht zu Hause.

ZWEITER ZWERG Seine Mutter?

ERSTER ZWERG Auch nicht.

ZWEITER ZWERG Seine Schwester?

ERSTER ZWERG *schüttelt den Kopf, gibt keine Antwort mehr.*

ZWEITER ZWERG Sein Bruder?

ERSTER ZWERG *gibt keine Antwort.*

ZWEITER ZWERG *dringender* Seine Großmutter, sein Großvater, sein Onkel, seine Tante, alle seine Vettern?

ERSTER ZWERG *bleibt still.*

ZWEITER ZWERG Wer läuft zur Telefonhütte, bekommt keine Verbindung, und mit wem bekommt er sie nicht?

ERSTER ZWERG *still.*

ZWEITER ZWERG Wer läßt die Tauben steigen?

ZWEITER ZWERG Wer führt die Rehe ins Freie?

ZWEITER ZWERG Wer färbt den Himmel ein?

ERSTER ZWERG *still.*

ZWEITER ZWERG Wer bricht den Bogen über dem Blick zur Stadt?

ZWEITER ZWERG *schon halb schlafend* Ist ers?

Das neue Lied

DICHTER *betritt den Vorgarten des Gasthauses zur ewigen Ruh gegenüber dem Hauptfriedhof einer Provinzstadt, sieht sich suchend um, geht auf das Haus zu.*

WIRTIN *öffnet oben einen Fensterspalt, beobachtet ihn mißtrauisch, während er die Stufen zur Wirtsstube hinaufgeht, einige Augenblicke dort verweilt und wieder umkehrt. Er trägt einen dunkelblauen Gehrock, Halsbinde, und ist ohne Hut* He, Sie!

DICHTER *legt die Hand über die Augen, schaut hinauf* Ja?

WIRTIN Wünschen?

DICHTER Etwas Ruhe.

WIRTIN Ruhe?

DICHTER Ich möchte mich ausruhen. *Er setzt sich an einen der Tische, auf denen noch Flaschen vom Vorabend stehen und zwischen denen die Spatzen lärmen. Es ist ein trüber Tag, die Straße hinter dem dunkelgrünen holzgeflochtenen Zaun ist still.*

WIRTIN *eine ältere Frau, das Haar flüchtig aufgesteckt, dem Anschein nach eben aufgestanden, betritt den Garten und geht auf den Tisch zu* Ausruhen?

DICHTER Ja.

WIRTIN Nichts zu trinken, der Herr?

DICHTER *schüttelt den Kopf* Ein Zimmer mit einem Bett für eine Nacht.

WIRTIN Wir vermieten hier nicht.

DICHTER Wenn es möglich wär?

WIRTIN Nur ausnahmsweise.

DICHTER *blickt zur Wirtin auf* Ich kann die Stadt nicht mehr tragen.

WIRTIN Ich glaube, ich kenne den Herrn.

DICHTER Es kann sein.

WIRTIN Von einem Bild her.

DICHTER Wahrscheinlich.

WIRTIN *sorgfältig* Im Kreise der Freunde.

DICHTER Ja.

WIRTIN Bei meinem Schwager hängt es.

DICHTER So, beim Schwager?

WIRTIN Es gibt aber von dem Herrn noch andere Bilder. Wenn der Herr der Dichter ist?

DICHTER Derselbe.

WIRTIN Den Gehrock kenne ich.

DICHTER Es wäre lieb von ihr, Frau Wirtin, wenn sie mir das Zimmer für eine Nacht überließe.

WIRTIN Für große Ansprüche reicht es nicht.

DICHTER *schüttelt den Kopf, wischt mit dem Handrücken Laub vom Tisch.*

WIRTIN Liegt denn der Herr nicht für gewöhnlich drüben? *Deutet mit dem Kinn zum Friedhof hinüber.*

DICHTER *nickt.*

WIRTIN Unter dem Obelisken neben der Aufbahrungshalle?

DICHTER Ich kann die Stadt nicht mehr tragen.

WIRTIN Und mir ist es immer, wenn ich nachts

wach bin, als müßte es sich gut liegen, da unten.

DICHTER Das dachte ich auch, als ich begraben wurde.

WIRTIN Als hätt man dort mehr Ruh als bei der ewigen Ruh. *Deutet auf ihr Haus, von dem der Verputz bröckelt.*

DICHTER *schüttelt den Kopf* Es ist eine Last.

WIRTIN Ich habe gar nicht gewußt, daß der Herr die Stadt tragen muß.

DICHTER Ich weiß es auch erst, seit ichs nicht mehr kann.

WIRTIN Und hilft dem Herrn denn niemand? Es sind viele begraben worden da drüben, in den letzten achtzig Jahren.

DICHTER Die meisten legen sich einfach darunter.

WIRTIN Ich helfe dem Herrn, wenn ich einmal hinüberkomme!

DICHTER Sie hilft mir schon jetzt, Frau Wirtin.

Die Erde zittert plötzlich leicht, die Flaschen klirren aneinander.

WIRTIN Das Zimmer für den Herrn ist unter dem Dach.

DICHTER Mir ist alles recht.

WIRTIN Ich beziehe die Betten frisch. *Sie geht.*

Während der Dichter allein im Vorgarten bleibt, beruhigt sich der Boden für einen

Augenblick, beginnt aber dann stärker zu beben.

WIRTIN *von oben* Früher haben sie immer gewarnt, wenn drüben in den Werken gesprengt worden ist. Die warnen jetzt nicht mehr.

DICHTER Sie darf sich meinetwegen nicht stören lassen, Frau Wirtin.

WIRTIN *zurückkommend* Dabei wird es immer stärker. Die Sprengerei ruiniert uns das Geschäft.

DICHTER Mich störts nicht.

WIRTIN Das Bett ist jetzt gerichtet. *Ein größerer Erdstoß erschüttert den Boden. Sie stürzt, rafft sich wieder auf* So arg war es noch nie. Ich beschwere mich!

DICHTER *unsicher* Vielleicht ein Erdbeben?

WIRTIN Es ist sicher vom Werk. *Sie stutzt, sieht den Dichter aufmerksam an* Wenn es nicht – –

DICHTER Vielleicht! *In großer Erregung* Aber wenn ich bei ihr kein Zimmer haben kann, so such ich mir woanders eins als in der ewigen Ruh.

WIRTIN *erschrocken* Die Grabkapelle drüben, die rosa Grabkapelle hat einen Sprung! Er läuft vom Dach zum Boden, zur Erde hinunter.

DICHTER Wie wohl er meiner Seele tut, der Sprung.

Ruhiger Weiß sie, Frau Wirtin, wenn sie von den schwarzen Nächten weiß – weiß sie auch von dem Heiligen, der sich im Grab umdrehte, als er bemerkte, daß er begraben war? Sie haben ihn nicht heilig gesprochen, wiewohl er schon selig war. Aber ich – auf die Gefahr hin, daß ich nicht selig werde – als ich bemerkte, daß ich begraben bin, bin ich aufgestanden.

WIRTIN Der Herr darf sich nicht aufregen.

DICHTER Weil ich der Finsternis nicht immer mit den eigenen Augen ins Gesicht schauen will.

WIRTIN *als wieder ein Beben, diesmal leichter, vom Fluß her über die Stadt geht* Die Stadt stürzt ein.

DICHTER Ich halt sie nicht mehr auf. Ich bin froh, daß ich mir die welken Kränze von der Erde gerissen habe.

WIRTIN Demnächst sollte eine Gedächtnisfeier für den Herrn sein – da wären sie erneuert worden – Mitte Mai!

DICHTER Dem bin ich zuvorgekommen.

WIRTIN Anschließend hätte hier ein Abendessen stattgefunden.

DICHTER Es tut mir leid, daß ich die ewige Ruh ums Geschäft gebracht habe.

WIRTIN Will der Herr denn gar nie zurück?

DICHTER *ungeduldig* Für eine Nacht. Ich will für

eine Nacht in einem weißen Bett schlafen, das ist alles.

WIRTIN Heißt das für immer, wenn der Herr sagt: Für eine Nacht? *Als der Dichter keine Antwort gibt* Ich sollt nur in den Keller schauen, wenns der Herr erlaubt, ob die Fässer nicht laufen.

DICHTER Der Herr erlaubts. *Sie geht, während das Beben der Erde jetzt stetig und ruhig anhält.*

WIRTIN *zurückkehrend* Ich glaube, daß es heute wieder oben vom Fluß her kommt und nicht vom Werk.

DICHTER Stehen die Fässer noch, wie sie waren?

WIRTIN Wie sie waren. *Zögernd, noch etwas atemlos* Aber es ist ja nicht nur wegen dem Geschäft und der ewigen Ruh, es ist ja wegen der Stadt!

DICHTER *trommelt mit den Fingern auf den Tisch* Wegen der Stadt – der Stadt!

WIRTIN Der Herr muß sich erst beruhigen!

DICHTER Sie hat leicht reden, Frau Wirtin!

WIRTIN *ruhig* Der Herr weiß ja, wenn eins leichter reden hat als das andere, so ist es auch nie für lange.

DICHTER *will auffahren.*

WIRTIN Wenn der Herr sich beruhigt, wird er auch die richtige Entschließung treffen.

DICHTER Die ist getroffen.

WIRTIN Jetzt kommt die Sonne hervor, da

schauen selbst die Sprünge im Boden und in der Grabkapelle freundlicher aus!

DICHTER Die sind überhaupt noch das Freundlichste. Aber die ungesprungenen Grabkapellen, die ganzen Häuser, die verschlossenen Gräber – das ist was Unfreundliches.

WIRTIN Wenn man Enkel in der Stadt wohnen hat, und die Schwester in der Siedlung verheiratet, lernt mans ertragen.

DICHTER Oder am Sonntag die Stunde kurz nach Mittag, wenn die Hähne zwischen den Häusern zu krähen aufhören, und beim hellen Licht der Himmel über der Erde zugeht, wie über einer Schachtel, wo Küken drin sind. Aber ohne Luftloch.

WIRTIN Für unsereinen –

DICHTER *wieder ruhiger* Früher war alles ganz anders. Ich will gar nicht von meinen Lebzeiten reden, aber noch kurz danach –

WIRTIN Die ewige Ruh ist auch schon gestanden damals. Der Name war nur anders und ein Teil vom Haus, die Grundmauern waren dieselben. Mein Großvater selig –

DICHTER Das mein ich nicht.

WIRTIN Die Grabkapelle hat einen andern Anstrich gehabt, aber sonst –

DICHTER *zornig* Sonst, sonst! Das ist es eben. Aber sie will mich nicht verstehen, Frau Wirtin!

WIRTIN — Weil ich nicht weiß, was für einen, der unter der Erde liegt, von gestern auf heut anders geworden ist.

DICHTER — Die Erde war noch anders, Frau Wirtin, die Erde! Krümeliger und doch haltbarer für die gespreizten Finger, fester und doch viel lockerer auf der Brust, und für den ganzen Dichter da unten eine finstere Landkarte von den hellen Feldern. Eine bessere Hilfe für die Erinnerung.

WIRTIN — *wirft einen Blick auf die Erdrisse* Sie ist jetzt still, die Erde.

DICHTER — Der ist nicht zu trauen.

WIRTIN — Wenn der Herr jetzt sein Zimmer besichtigen will?

DICHTER — *stützt sich auf den Tisch und steht schwer auf* Vielleicht auch, daß ich mich aufs Bett lege.

WIRTIN — Freilich. Der Herr ist das Liegen gewöhnt.

DICHTER — Ich hätt mirs nicht gedacht, daß mir so schnell wieder danach zu Mut sein könnt.

WIRTIN — Das glaubt man nicht.

DICHTER — Mir kommt die Erinnerung, daß mir das Treppensteigen schon zu meinen Lebzeiten nichts Angenehmes war. *Wehrt die Wirtin ab, die ihm unter den Arm greifen will* Was fällt ihr ein, Frau Wirtin? Weiß der Himmel, ich bin froh, wenn mir überhaupt eine Erinnerung kommt. Es ist wie in der allerersten Zeit, nachdem ich begraben war. Jubeln könnt ich! *Sie haben die Mansarde erreicht.*

DICHTER *streckt sich gleich aufs Bett* Wie wohl das tut!

WIRTIN *öffnet das Fenster* Daß der Herr auch Luft bekommt.

DICHTER Sie ist ein Engel, Frau Wirtin!

WIRTIN Ich hör die Feuerwehr blasen.

DICHTER Mein guter Engel.

WIRTIN Der Herr muß schlafen jetzt!

DICHTER Singen möcht ich. Luft, Luft! Keine Erde mehr auf mir! Die Stadt reimt sich mir wieder, seit ich sie nicht mehr tragen muß.

WIRTIN Noch immer die Feuerwehr!

DICHTER Zu meiner Zeit war der erste Ton tiefer, ein Halbton – aber es kann auch an der Trompete gelegen sein.

WIRTIN Mich ängstigts.

DICHTER *jubelnd* Alles kommt mir wieder!

WIRTIN Vielleicht, daß etwas eingestürzt ist, drinnen in der Stadt.

DICHTER Der schöne Himmel und der Wind darauf.

WIRTIN Wenn die Schwiegertochter zum Einkaufen geht, sind die Enkel allein.

DICHTER Die rosa Wolke drüben!

WIRTIN *abwesend* Die ist vom Werk; wo früher die Audörfer mit den Primelwiesen waren.

DICHTER Ich nehms ins Lied. Als Morgenröte! Das ist mir jetzt ein Leichtes, die Angst ist weg.

WIRTIN Wenn ich nachschauen könnt, ob nichts geschehen ist. Wenn ich nur in die Stadt schauen könnt! Aber ich kanns nicht, ich bin allein.

DICHTER Schau sie nur zu den Enkelkindern, Frau Wirtin, ich bleib solange hier. Und wenn ich unten auf dem Vorplatz die Schritte von einer Trauergesellschaft hör, geh ich gleich hinunter und frag, was ihr gefällig ist. Den Wein find ich, solang die Fässer stehen, die Gläser find ich auch. Den Wirten spiel ich lieber als den Dichter.

WIRTIN *unschlüssig* Wenn der Herr meint?

DICHTER Es war immer mein Wunsch. Mein Großvater hat eine Bierwirtschaft gehabt, in einem von den Dörfern am Fluß unten.

WIRTIN Dann richt ich mich soweit, daß ich schnell wieder da bin. Ich sperr das Haus ab, so daß es auch nichts weiter ausmacht, wenn der Herr einschläft –

DICHTER Mein Gott, wenn ich an den Geruch im Flur denke! Und an die Fenster von der Gaststuben, wo man von außen, von der Straße durch hat bis aufs Wasser schauen können.

WIRTIN Oder wenn der Herr wieder ins Sinnieren

gerät, ins Dichten, so macht es weiter nichts. Und nur wenn eine größere Gesellschaft kommt, daß er sie so lang hinhält, bis ich wieder da bin.

Die Erde kommt wieder leicht ins Rütteln.

DICHTER Sei sie ohne Sorge, Frau Wirtin!

WIRTIN Ich laß dem Herrn einen Schlüssel da. Damit kann er ganz nach eigenem Ermessen –

DICHTER Ich wollt immer schon ein Wirt sein.

WIRTIN *unruhig* Es rüttelt wieder!

DICHTER Die Lieder kommen einem leichter, wenn man die Gäste erwartet, als wenn man mit gekreuzten Armen unten liegt.

WIRTIN Ich gehe jetzt.

DICHTER Frau Wirtin!

Sie geht hinunter.

DICHTER Frau Wirtin!

Ihre Schritte entfernen sich.

DICHTER *steht seufzend auf, beugt sich aus dem Fenster* Frau Wirtin!

WIRTIN *im schwarzen Hut, auf dem Weg zur Stadt* Ja?

DICHTER Wenn sie mir noch schnell sagt, wo Papier und Feder liegen?

WIRTIN Der Herr kann sich die Kassenzettel aus dem Schreibtisch nehmen.

DICHTER Das Lied nämlich –

WIRTIN Ein Bleistift liegt auch dort.

DICHTER Das zweite, das endgültige –

WIRTIN *eilig, schon entfernt* Der Herr wird alles schon finden.

DICHTER Eins, das vom gegenwärtigen Atemzug lebt, nicht von der Erinnerung, oder gar, was wir so heißen: von der Erinnerung an die Erinnerung: von dem Klumpen Erde auf den knochigen Handtellern, von der mir meine arme Seele sagt: ›aus ihr waren die Berge im ersten Lied, die Flußufer, die du hineingebracht hast, die Straßen, auf denen deine Sonne spielt!‹ Wie schnell sie abtrünnig werden, die armen Seelen; wie rasch sie sich gleich für die Erd ereifern können: ›Halt sie, halt sie zusammen! Gib zu, daß sie sich statt der Vernunft in deine Schädelhöhle legt und statt dem Herzen unter deine Rippen. Gib zu, daß du vergißt und daß dein Lied die alte Stadt trägt bis zum unsichtbaren Wall – und deine Knochen die neue!‹ *Zornig* Laß zu, gib zu, in alle Ewigkeit, gib zu!
Er hat sich immer mehr in Eifer geredet, beugt sich aus dem Fenster und läßt sich den Wind um den Kopf blasen. Ruhiger Viel hat sich nicht geändert, da hat die Frau Wirtin recht. Den Friedhof haben

sie vergrößert, das ist wahr, rechts am Rand stehen ein paar hohe Türme, die nicht wie Kirchtürme aussehen, und über dem Pfennigberg fliegt ein Vogel, der größer als ein Geier ist. Aber die meisten Wolken sind noch die gleichen – nur die über den Audörfern: das schaut nach Feuer aus. *Entschlossen* Euch zähm ich leicht, euch bring ich leicht ins Lied!
Er öffnet die Tür und betritt, vor sich hinsummend, das finstere Stiegenhaus, tappt die Treppe hinunter und öffnet die Tür zum Schankzimmer Hier also, hier soll ich meine Unschuld wiederbekommen, hier soll ich wahrhaft unsterblich werden!
Er reißt die Lade des Schanktisches auf, findet Kassenzettel und Bleistift Die werden staunen, die von der Gedächtnisfeier, die mit den frischen Blumen. *Setzt sich hinten an einen der Tische* Die auf Mitte Mai! Aber ich hätte mirs auch nicht gedacht, daß ich auf Ende März schon unsterblich werde, daß es so schnell geht – schneller als der Graswuchs und die Baumblüte – daß mir die Luft so leicht wird. *Er setzt die Feder zum Schreiben an.*
Infolge eines leichten Erdstoßes beginnen die Gläser auf dem Wandbrett zu klirren.

Stoß zu! *Er setzt die Feder wieder an. Schritte auf dem Kiesplatz.*

KNABE Ist das die ewige Ruh, Vater?

VATER Ja, das ist sie.

KNABE Wo die Schwester drin liegt?

VATER Die ist auch nicht weit.

KNABE Die schaut aber still aus, die ewige Ruh.

VATER Die wird gleich besser ausschauen, wenn dein Himbeerwasser auf dem Tisch steht. He Wirtin! *Zu dem Kind* Man muß oft warten hier.

KNABE Ja.

DICHTER *der sich erhoben hat und über die Tische durch das Fenster in den Garten schaut* Größere Gesellschaft ist das keine. *Er geht auf den Fußspitzen und mit dem Bleistift in der Hand hinter dem Tisch hervor zum Fenster, öffnet es leise um einen Spalt.*

VATER Wirtin!

DICHTER *für sich* Da fühl ich mich nicht verpflichtet.

VATER Sie ist alleinstehend, die Frau –

DICHTER Wenn mir grad ein Vers im Kopf wachst.

VATER Die hat viel auf sich.

KNABE Ist das dieselbe ewige Ruh, wo du oft herkommst, Vater?

VATER Zweimal im Jahr, für gewöhnlich.

KNABE Wo du bei dem Gedächtnisverein bist?

VATER Ja.

KNABE Von dem berühmten Mann?

VATER Ja, von dem Dichter.

DICHTER *noch immer am Fenster* Dann erst recht nicht.

VATER Der liegt mit deiner Schwester in derselben Reih.

KNABE Das wird die Schwester trösten!

VATER Wir gehen dann aufs Grab, wenn du dein Himbeerwasser gehabt hast.

KNABE Und wenn du dann die Ansprache hältst, Vater, im Mai –

VATER *stolz* ›Der tote Dichter‹.

KNABE Dann trägts der Wind zu ihr!

VATER Ja.

DICHTER Ich geh jetzt nicht hinaus.

KNABE Die Erdstöß waren auch hier, Vater!

VATER Ja.

KNABE Das macht die Luft so trocken.

DICHTER Ich kanns nicht.

KNABE Ich bin durstig, Vater!

VATER *laut* Frau Wirtin!

DICHTER Wenn ich jetzt hinausgeh, muß ich mich unterhalten. Ich muß mich vielleicht zu erkennen geben. Das nimmt Ausmaße an, die mir das Lied verjagen.

VATER Ich schau ins Haus!

DICHTER Mein Lied! *Schleicht an seinen Tisch zurück.*

VATER Das ist versperrt. *Geht auch zu seinem Tisch im Garten zurück* Da ist gar niemand drinnen.

DICHTER *wieder an seinem Tisch* Jetzt hab ichs!

KNABE *enttäuscht zum Vater* Deshalb kommt auch niemand.

DICHTER *setzt den Bleistift wieder an* Jetzt schreib ichs.

VATER *zum Kind* Dann gehen wir zuerst aufs Grab und kommen später wieder.

DICHTER Das ist gegen den Durst und ist auch gegen den Hunger! Das ist gegen die Unwissenheit und auch gegen die Traurigkeit, das ist gegen alles. *Er beginnt zu schreiben.* Das hilft euch mehr!

KNABE *schon im Gehen zum Vater, geduldig* Ja, später.

Durch einen neuen Stoß öffnet sich die Erde unter dem Kies und nimmt den Knaben mit dem Vater auf. Die Bänke und Tische werden weggehoben, die Flaschen fallen herunter. Im Keller beginnen die Fässer zu rinnen, in der Hauswand sind Sprünge entstanden. Der Dichter rafft sich auf, stürzt zur Tür.

WIRTIN *betritt vom Weg her, über Gruben und Steine durch eine Lücke in dem aus dem Boden gerissenen Holzzaun, den Vorgarten, atemlos* Ich bin gar nicht in die Stadt gekommen.

DICHTER Nein?

WIRTIN Beim ersten Erdstoß, beim schwachen, bin ich umgekehrt, und jetzt –

DICHTER *verwirrt* Ja.

WIRTIN Jetzt bin ich da.

DICHTER Ich geh schon.

WIRTIN Ist der Herr denn gar nicht gelegen?

DICHTER Nein, ich bin gleich wieder aufgestanden. Aber jetzt leg ich mich nieder. *Versucht vorsichtig über Schindeln und Steine an den Ausgang zu kommen.*

WIRTIN Überleg sichs der Herr noch!

DICHTER Ich leg mich nieder jetzt.

WIRTIN *mitleidig* Laß er sich Zeit!

DICHTER *schüttelt den Kopf.*

WIRTIN *dringender* Laß er sich Zeit, der Herr. Vielleicht liegts gar nicht an ihm, vielleicht hat das alles eine ganz andere Ursach, vielleicht kommt es vom Werk!

DICHTER Am besten, ich leg mich wieder unter die Erde, damit ich Gewißheit bekomm; es war immer das sicherste Mittel.

WIRTIN Es kann leicht sein –

DICHTER Wenns überhaupt eins gibt!

WIRTIN Es kann leicht sein, daß etwas explodiert ist drüben. Oder daß die Erdstöß Gründe haben, von denen unsereins gar nichts ahnt.

DICHTER Die wissen dann nur die Engel am Jüngsten Tag. Und da ists fraglich, ob sie damit herausrücken.

WIRTIN Der Herr könnt leicht hier bleiben für eine Weile; er könnt mir eine große Hilfe sein, wenn er mit seiner Phantasie die Gäste unterhält, solang ich ausschenk, oder wenn er ausschenkt, solang ich aus bin.

DICHTER Ich taug nicht zum Wirten, Frau Wirtin.

WIRTIN Der ewigen Ruh wär schon zu helfen.

DICHTER Ich helf ihr besser auf, wenn ich mich niederleg. Der Gedächtnisverein –

WIRTIN Der Gedächtnisverein könnt auch zum Andenken an die Lebendigen zusammenkommen –

DICHTER *schüttelt den Kopf.*

WIRTIN Er könnt öfter tagen als zweimal im Jahr!

DICHTER Das glaubt sie selber nicht.

WIRTIN Wenn der Herr manchmal eine kleine Ansprache hielt –

DICHTER Da nähm ich vielen ihre große aus dem Mund.

WIRTIN *hat ihren Hut abgenommen, ist an den Rest ihres Zauns getreten* Und wenn er nur dazwischensäß in seinem dunklen Rock, der Herr –

DICHTER Das möcht sie kränken und mit Recht, ich sag ihr schon, Frau Wirtin –

WIRTIN Und da und dort ein Glas ausschenkt!

DICHTER Ich schenk nicht aus. Solang ich noch im Schanktisch die letzten Rechenzettel find, und Staub am Boden, in den ich meine

	Finger tauche, kann ichs nicht lassen, Worte zu machen.
WIRTIN	Nur da und dort ein Glas, damit sie merken, daß er sich ihresgleichen fühlt, der Herr!
DICHTER	Das merken sie leichter, wenn ich meine Knochen zwischen die ihren leg.
WIRTIN	*streicht das Haar aus dem Gesicht* Ich bleib ganz allein.
DICHTER	Helf sie mir die Probe aufs Exempel machen, Frau Wirtin, die eine Probe auf die vielen Exempel! Denk sie an ihre Enkel, an die ganzen Häuser, an die ganze Stadt – bei aller Gottverlassenheit, die der Gedanke hat, und grad deshalb. Laß sie mich gehen!
WIRTIN	Dann wünsch ich dem Herrn seine Ruh.
DICHTER	*sich entfernend* Und ich wünsch der ewigen Ruh ihr Gedeihen!
	Er ist jetzt auf den Weg gelangt, verschwindet in der Friedhofsrichtung.
KNABE	*der aus der Grube gestiegen ist und dem Vater herausgeholfen hat* Da ist die Wirtin, Vater!
VATER	Ja.
KNABE	Wenn ich jetzt ein Himbeerwasser haben könnt?
VATER	Das ist jetzt meine geringste Sorge!
WIRTIN	*ruhig* Er bekommt schon eins.

Paßüberquerung

für Nelly Sachs

KLEINER Was machst du heute?

MÄDCHEN Ich ordne meine Bücher. *Sie lacht* Den Tischtüchern im Schrank gebe ich frei.

KLEINER Und dann?

MÄDCHEN Wir rufen dann das Fräulein an und fragen sie nach unserm Nachmittag.

KLEINER Eine Wagenfahrt?

MÄDCHEN Meinst du?

KLEINER Im Wind und mit den Gartenstühlen. An den geschlossenen Geschäften vorbei.

MÄDCHEN Oder eine Paßüberquerung? Mit den weißen Tieren! Weiße Tiere hätten wir genug. Wenn ich noch meinen Fuchs und meinen Hasen hergebe?

KLEINER Aber der Paß?

MÄDCHEN Den bauen wir uns leicht. Und dann lassen wir die Tiere ihre Köpfe immer nach allen Richtungen wenden. Und ein Fest auf der Paßhöhe, in einer Vertiefung, die vom Wind geschützt ist.

KLEINER Kuchen und Wein!

MÄDCHEN Ja.

KLEINER Und die Füchse und Hasen wollen nicht mehr fort. Ich rufe gleich an. *Ruft* Fräulein Pelleas? Liegt Schnee auf den Pässen?

MÄDCHEN *gespannt* Was sagt sie?

KLEINER Kein Schnee.

MÄDCHEN Sie weiß es immer genau.

KLEINER Nur da und dort in den Rinnen, wo es

die Tiere nicht stört. Wo wir gar nicht vorbeikommen.

MÄDCHEN Ich wüßte gerne, woher sie es immer weiß. Sie hat jemanden.

KLEINER Man kann sie alles fragen.

MÄDCHEN Da kommt öfter ein Bettler mit einem lahmen Fuß zu ihr. Ein Teppichvertreter. Vielleicht sogar ein Zigeuner.

KLEINER Ein Vorhangvertreter.

MÄDCHEN Das ist wieder ein anderer.

KLEINER Wir fragen sie!

MÄDCHEN *streng* Wenn es anders nicht mehr geht.

KLEINER Aber vorher?

MÄDCHEN Vorher lieber nach dem Schnee auf den Pässen.

KLEINER Das wissen wir jetzt.

MÄDCHEN Oder ob sie zu uns herüber möchte.

KLEINER Mit uns hinüber.

MÄDCHEN Frag sie. Frag lieber gleich!

KLEINER Fräulein Pelleas!

MÄDCHEN Ruf lauter!

KLEINER Wollen Sie mit uns hinüber?

MÄDCHEN Sag: wir rasten auch ausgiebig.

KLEINER Wir rasten auch ausgiebig.

MÄDCHEN Wir lassen uns die Hofsonne um die Köpfe wehen und den Nachtwind aus den finstern Zimmern. Wir verwandeln uns in Elefanten.

KLEINER Das weiß sie ja.

MÄDCHEN In Porzellantiere, weiß und rosa, und in

Tiere aus Gold und Granit, in solche, die Besuche machen, perlmutterschillernd, und in solche, die keine Besuche machen, wir nehmen Fahnen und Nebellampen mit, zwischen den Korbstühlen entstehen die Pässe –

KLEINER Das weiß sie alles.

MÄDCHEN Und die Heiligenscheine schauen darauf.

KLEINER Wenn sie aber ihre Freundin erwartet?

MÄDCHEN In den Deckenfalten sind die Heiligengeschichten versteckt, und die Seeufer, die sie brauchen.

KLEINER Das wird sie auch nicht verlocken.

MÄDCHEN Farben, wie sie sie allein nicht zu sehen bekommt.

KLEINER Die Arme.

MÄDCHEN Und Untergänge, auch von den Sternen.

KLEINER Sie wird doch nicht wollen.

MÄDCHEN Weshalb?

KLEINER Weil ich sie kenne.

MÄDCHEN Wenn du ihr aber sagst, daß die Schränke leer sind? Daß man das Holz riechen kann und im Holz die Liköre von vor fünfhundert Jahren?

KLEINER Sei still! *Er legt die Hand hinter die Ohren*

MÄDCHEN Was sagt sie?

KLEINER Am meisten verlocken sie die Elefanten auf unsern Pässen. Und nach welcher Richtung sie die Hälse drehen. *Lauscht wieder aufmerksam, dann wiederholend* Es gibt dort auch Kapellen mit blauschwarzen Wänden, sagt sie.

MÄDCHEN *eifrig* Die bauen wir gleich auf!

KLEINER Nein, warte noch! *Enttäuscht, nach einem Augenblick* Sie sagt jetzt nichts mehr. Nichts mehr für uns. Nur noch etwas von Zigaretten für den Briefträger, Staublappen und Kakteen, die blühen sollten.

MÄDCHEN Aber manches wissen wir schon.

KLEINER Dann fang gleich an!

MÄDCHEN Trüb, Schneewind draußen. Gebe Gott, daß uns nichts hindert, unsere Pässe zu bauen. Daß wir auch unsere Tiere überall finden, daß sie nicht von den Decken gleiten und uns zerbrechen.

KLEINER Und daß vielleicht einmal ein alter Elefant den Hals bewegt nach den Zimmerwänden, in denen die Stürme schlafen, und nach den blauschwarzen Schatten, den Orten, die wir für die Kapellenwände aufsparen –

MÄDCHEN Oder nur ein Ohr.

KLEINER Ein Ohr, ganz wenig!

MÄDCHEN Daß die Dunkelheit nachher leicht über uns fällt und uns die Schneerinnen zuletzt noch leuchten, die keinen Elefanten stören können.

KLEINER Auch uns nicht.

Nicht vor Mailand

SOLDAT *der hoch oben in der Fensterhöhle einer ausgebrannten Wand lehnt* Ich höre immerfort das Geflüster der Obersten hinter mir. Sie auch? Hören Sies nicht?

PUBLIKUM *schweigt.*

SOLDAT *läßt sich zwei Stockwerke hinunter* Hier wars. *Er klettert wieder ein Stockwerk hinauf* Nein, hier! *Er schwingt sich schräg nach oben, lehnt jetzt in einer Höhle, die ehemals aus mehreren Fenstern bestand.* Hier war es auch nicht.

PUBLIKUM *schweigt.*

SOLDAT Wie grau der Himmel ist, von Krähen gut gesättigt. So daß man Angst bekommt, er könnte wieder grün werden. *Etwas gespreizt* Und in die Weiten weisen.

OBERST *taucht in einer Fensterhöhle auf der andern Seite der Wand auf* Mich hat er in die Weiten gewiesen.

SOLDAT *erleichtert* Da ist einer!

OBERST *fast ohne Stimme* Über die Türme der Seeheiligen hinweg. Mir war er grün. *Ruhig* Ich war damals ein Knabe.

SOLDAT Ein Knabe war ich nie.

OBERST Schade.

SOLDAT Ich bin auch nicht vor Mailand gefallen.

OBERST Das soll eine sehr schöne Stadt sein.

SOLDAT Was tuts? Wir sind jetzt hier.

OBERST *seufzend* Ja. Aber man könnte mehr gemeinsam haben.

SOLDAT Ich bin gerne hier.

JEMAND AUS DEM PUBLIKUM *lacht.*

SOLDAT Wer hat gelacht?

MANN *mit einem schwarzen, glänzenden Hut, langem Mantel und Regenschirm, hebt die Hand* Ich.

SOLDAT *unaufmerksam* Ach so. *Zum Obersten gewandt* Wo waren wir?

OBERST Vor Mailand.

SOLDAT Das gibt nicht viel her.

OBERST Nicht viel, nein. Aber es ist warm hier oben.

SOLDAT Wärmer als man meint.

MANN Uns friert hier unten!

EINE DICKERE FRAU *auch in Schwarz, ist drohend aufgestanden* Ja, uns friert!

SUSANNE *im weißen Kleid, erscheint in einer der tiefer gelegenen Fensterhöhlen, bleibt dort wie in einem Rahmen und ohne sich aufzustützen* Ich seh die Schwäne durch meines Vaters Haus ziehen.

SOLDAT Was sagt sie?

MANN Sie sieht die Schwäne.

SOLDAT Da hören Sies!

SUSANNE Ganz sicher. Durch meines Vaters Haus. Die Bohlen krachen, wenn sie darüber schwimmen.

SOLDAT *schüttelt den Kopf.*

SUSANNE *verträumt* Sie schlagen mit den Flügeln, wo es immer geht. Das gab ihnen der Spruch auf unserm First ein.

SOLDAT Wie heißt der Spruch?

SUSANNE Vergessen. Es sind auch die geschlossenen Flügel für die Bohlen noch viel schwerer.

OBERST *schläfrig* Sehr interessant.

SUSANNE Es stehen alle Türen weit auf vor ihnen, *lauter, fast exaltiert* die Pappelbäume neigen sich hinein und machen ihnen Wind, nein Sturm, der halbe Mond steigt drauf, ach, alle diese Treppenhäuser und die Geländer, Säulen unterm Dach –

SOLDAT *gleichgültig* Die Ulmen, Firstspruch –

SUSANNE Und Schwanenspruch, wir teilen uns die Welt!

SOLDAT Ja, alles halb.

SUSANNE Ich seh die Schwäne durch meines Vaters Haus ziehen! *Sinkt zusammen, verschwindet.*

SOLDAT Die Schwäne.

SUSANNE *taucht noch einmal auf, das Haar wirr, das Kleid zerknüllt* Durch meines Vaters Haus, jawohl, sie tragen Kindersachen auf ihren Rücken und soviel als möglich, so schwimmen sie dahin, weit fort im Kreis und immer durch alle Zimmer und kommen unter der Brücke doch nicht durch. Jemand gab ihnen ein Versprechen, es hieß –

SOLDAT *übermütig* Süden!

SUSANNE Es hieß Norden.

SOLDAT Der blieb Ihnen nicht treu.

SUSANNE Nein. Einmal hörten sie, wie sieben Leute füsiliert wurden. Ziemlich nahe.

SOLDAT Wer verdenkt es ihnen?

SUSANNE Da kamen sie ins Haus. Meine Mutter im weißen Kleid gab ihnen Brotbrocken, es war ein finsterer Morgen.

FRAU Was solls?

SUSANNE *etwas hilflos* Darum seh ich die Schwäne.

SOLDAT Ach ja, eine weiße Familie.

MANN *drohend* Aber Sie?

SOLDAT Ich höre immer noch das Geflüster der Obersten hinter mir. Es ist um nichts schwächer geworden.

OBERST *der etwas geschlafen und sich erholt hat, mit Behagen* Ich weiß noch, wie mir mein seliger Vater von den Seeräubern erzählte, die an den warmen Tagen von Norden kommend quer über die flachen Äcker zur Kirche trieben, um die Choräle zu stärken.

SOLDAT Damals war ich noch nicht geboren.

OBERST Sicherlich nicht.

SOLDAT Aber es kommt jetzt Wind auf, spüren Sies?

MANN Er heult durch alle Löcher.

SOLDAT Wenn das nicht der Schwanenwind ist, der Wind, der vor den Märtyrern herweht, der Sichelwind über die Äcker, die schon mit Flaum bedeckt sind, was singen sie?

FRAU *erstickt* Was singen sie?

Der Gesang der Märtyrer.

OBERST Man versteht nichts.

SOLDAT Nein, aber es ist um alle Türme, um den St. Nikolausturm und um den Lukasturm, um die Tore der Seeheiligen und die Dreikönigstore, wenn es nicht vom Norden kommt, so kommt es sicher vom Süden, es dreht und wirbelt, es sind Federn über der verbrannten Stadt –

FRAU Man kriegt sie in die Nasen! Ich hab auch meinen Kinderwagen mit, noch von meinem Ältesten, aber der ist dreißig, und er war dabei. Sie haben ihn an eine Eiche geknüpft, da hing er lange.

MANN Der meine fiel an einer Mauer nieder, so! *Er zeigt es, ist durch seinen Schirm etwas behindert.*

Der Gesang der Märtyrer.

SUSANNE *ist wieder aufgetaucht, schrill* Ihr lieben Schwäne, flattert jetzt ruhig hinauf, wir wollen unsern Eßtisch wieder zum Essen haben!

PUBLIKUM *beginnt zu murren.*

SUSANNE Und das Spielzeug zum Spielen, die Weide, um darunter ein Tuch zu breiten und Teller, Gabeln, Messer –

SOLDAT Messerchen.

SUSANNE Und die Brücke zum Steinewerfen, ja!

Der Gesang der Märtyrer, stärker.

SUSANNE Und mein lieber Vater geht wieder durch sein Haus.

OBERST Mir dröhnt es in den Ohren, ich habe mir da unten eine Lagerstatt bereitet aus Heu, *er gähnt* liebe Kinder, meine lieben Kinder –

SUSANNE Bring was vom Zoo mit, Vater!

OBERST Ach, ich sah Wölfe durch den blendenden Schnee traben, und nicht nur einmal.

SUSANNE Guter Vater!

OBERST *gähnt.*

SUSANNE *nach hinten weisend* Ist das nicht viel zu laut?

OBERST Ja, viel zu laut! Gute Nacht, mein Lieber. Vielleicht können wir gelegentlich wieder über Mailand – über Mailand, das sehr schön sein soll, vielleicht auch über Orléans – über Gotha, ich verweise auf mein Heulager – man wecke mich rechtzeitig –

SUSANNE *zeigt zum Himmel, aufgeregt* Die

Schwäne, die Schwäne, jetzt fliegen sie fort! *Erschöpft* Ich seh die Schwäne aus meines Vaters Haus ziehen, und alle Türme werden weiß von ihnen.

Sie stürzt vom Fenster.

DIE DICKE FRAU AUS DEM PUBLIKUM He, ihr da oben!

DER MANN MIT DEM SCHIRM Gefälligst!

FRAU Man wartet hier im Regen.

SOLDAT *ruhiger* Ich höre jetzt nichts mehr.

Der Soldat bleibt aufrecht im Fenster.

Weiße Chrysanthemen

GENERAL *ein alter Mann* Wir sollten Kohlen bestellen.

GENERALIN Ich warte auf die Frau, die mir die Blumen bringt. Weiße Chrysanthemen für die Gräber. Ich habe eine neue Blumenhandlung entdeckt, nicht groß, aber anständig. Sie kommen ins Haus.

GENERAL Weiße Chrysanthemen?

GENERALIN Ja, für die Gräber.

GENERAL Hier wird an alles gedacht: weiße Chrysanthemen für die Gräber, Birnen, um sie einzulegen, Federn für die Kissen, sie müssen neu aufgefüllt werden!

GENERALIN Ich verstehe dich nicht.

GENERAL Alle werden bestellt: Äpfelfrauen, Birnenfrauen, Blumenfrauen. Alle, um abzulenken.

GENERALIN Wovon?

GENERAL Von den Männern, die die Kohlen bringen sollen. Jedes Jahr werden bei uns die Kohlen zu spät bestellt, immer versäumen wir den Stichtag und bezahlen zu teuer. Und wenn es auf dich ankäme: es würden überhaupt keine Kohlen bestellt.

GENERALIN Erst seit der Kohlenladen von dieser Frau übernommen wurde; ich habe eine Abneigung gegen sie.

GENERAL Von der Frau übernommen?

GENERALIN Ja. Der Mann ist gestorben.

GENERAL Das wußte ich nicht.

GENERALIN Ein anderer Laden ist nicht in der Nähe.

GENERAL Ich gehe jetzt hin. Ich kenne weder die Frau noch den Mann gut, aber ich will es warm haben, wenn der Winter kommt.

GENERALIN Beruhige dich!

GENERAL Und ich will spazierengehen. Ohnehin dachte ich gerade über ein Ziel nach.

GENERALIN Außerdem ist heute Sonntag.

GENERAL Sonntag? Und deine Blumenfrau?

GENERALIN Sie kommt eben auch sonntags. Das ist es.

GENERAL Ja? Fahren nicht die Taxis auch sonntags? Weshalb nimmst du keins, läßt dich zur Bahn fahren und kommst zu Fuß zurück? Weshalb nicht? Das wundert mich! Hätten die Kindergärten heute offen, ich glaube, du würdest zehn kleine Kinder anmelden, die es gar nicht gibt. Nur aus Sympathie. Aber die Kohlen bestellst du nicht. Weil sonntags nicht auf ist oder weil dir die Frau nicht gefällt.

GENERALIN Weil mir die Frau nicht gefällt. Aber morgen gehe ich hin.

GENERAL Morgen zahlen wir teurer, morgen ist der Stichtag vorbei. Heute ist Winter, heute schon, hörst du!

Es klingelt draußen.

GENERALIN *erregt* Das wird die Blumenfrau sein. *Sie geht hinaus, um zu öffnen.*

GENERAL Weiße Chrysanthemen!

GENERALIN *die zusammen mit der Blumenfrau wieder eingetreten ist* Das ist die nette, freundliche Blumenfrau, mein Lieber, von der ich dir erzählte. Und ob dus glauben willst oder nicht, du siehst ja jetzt: sie kommt auch sonntags! Sie kommt ins Haus. Bis in den vierten Stock.

GENERAL Diese Menge!

BLUMENFRAU Weiße Chrysanthemen.

GENERAL Ich erwartete nichts anderes.

GENERALIN Das ist recht, meine Liebe, das ist schön, was Sie uns da bringen! Das wird den Gräbern erst das rechte Ansehen geben.

GENERAL Unsere Gräber hätten ohnehin das rechte Ansehen, auch ohne Chrysanthemen. Auch, wenn nur der grüne Rasen darüber wäre, auch wenn nur die bloße Erde –

GENERALIN Aber so haben sie mehr von dem rechten Ansehen.

GENERAL *zornig* Genug jetzt.

BLUMENFRAU Darf ich die Blumen hier abstellen? *Deutet auf eine dunkle Ecke des Raumes.*

GENERALIN Freilich, meine Beste. *Verzückt* Wie sie leuchten!

BLUMENFRAU Ja, schön sind sie. Aber zu warm sollen sie es auch nicht haben.

GENERAL Nein, zu warm haben sies nicht.

GENERALIN Dafür sorgen wir schon.

BLUMENFRAU Sonst verbürgen wir uns nicht dafür, daß sie am Stichtag für den Blumenschmuck den Glanz noch haben.

GENERAL An welchem Stichtag?

GENERALIN *strahlend* Für den Blumenschmuck.

GENERAL St. Valentin?

GENERALIN Nein! Verstehe doch recht, Lieber: der Stichtag für den Blumenschmuck.

GENERAL Das überrascht mich.

GENERALIN Nicht wahr?

GENERAL Er fällt mit dem für die Kohlen zusammen.

GENERALIN Er ist nicht jedes Jahr, nur alle – *Sieht fragend zur Blumenfrau hinüber.*

BLUMENFRAU Alle siebzig, achtzig Jahre.

GENERALIN Deshalb weiß auch nicht jeder davon.

GENERAL Nein. Die mit fünf Jahren sterben, nicht.

GENERALIN Und deshalb dachte ich –

GENERAL *scharf* Was?

GENERALIN Daß wir ihn nützen sollten. Daß wir die Gräber schmücken sollten, solange es Zeit ist: die Gräber unserer Großeltern und Eltern, aller unserer näheren Verwandten, aller unserer – *Holt Atem.*

GENERAL Daran dachtest du?

GENERALIN Ja. Und nicht nur daran. *Lächelt schelmisch* Ich dachte auch daran, möglichst jetzt schon unsere eigenen Gräber zu schmücken!

GENERAL Ja?

GENERALIN Ja, Lieber.

GENERAL Zu diesem Zweck müßten wir darin liegen.

GENERALIN Wir müßten es nicht gerade. Wir müßten es nur innerhalb von – *Sieht wieder fragend zur Blumenfrau hinüber.*

BLUMENFRAU Drei Wochen.

GENERALIN Ganz recht. Von drei Wochen.

BLUMENFRAU Aber jeder Tag früher ist besser.

GENERAL Das leuchtet mir ein.

GENERALIN Natürlich. Was denkst du, ob wir nicht bereits in vierzehn Tagen alles –

GENERAL Alles?

GENERALIN Nun eben –

GENERAL Weshalb nicht schon in acht Tagen? Oder besser noch in drei Tagen? Oder am besten heute, heute noch vor dem Mittag, noch ehe alle Kirchgänger nach Hause kommen?

GENERALIN Liebster!

BLUMENFRAU *bescheiden* Die Herrschaften schräg gegenüber haben chinesische Blattpflanzen bestellt. Und die weiter hinüber zur Kirche Tulpen.

GENERALIN Tulpen!

GENERAL Wären auch eine Idee.

GENERALIN Aber weiße Chrysanthemen sind besser. *Ängstlich zur Blumenfrau* Oder?

BLUMENFRAU	Sie habens in sich.
GENERALIN	*begeistert* Hörst du?
BLUMENFRAU	Sie leuchten auch noch, wenn alles andere matter wird.
GENERALIN	Für Frische wird gesorgt?
BLUMENFRAU	Ja. Aber die Blumen müssen bald hinausgebracht werden, damit sie feucht bleiben.
GENERALIN	Wir fahren gleich!
BLUMENFRAU	Möglichst drei Tage vor dem Begräbnis.
GENERAL	Da sterben wir gerade.
BLUMENFRAU	Dann eben einen halben Tag früher.
GENERALIN	Wie machen es die anderen?
BLUMENFRAU	Die meisten Herrschaften nehmen ein Taxi direkt hinaus. Manche fahren auch mit dem Autobus und steigen auf die Straßenbahn um, aber die wenigsten –
GENERALIN	Lieber, wir fahren gleich! Es ist Sonntag, und ich habe Sorge, daß die wenigen Taxis in der Umgebung alle schon vergeben sind.
GENERAL	*ruhig* Gleich?
GENERALIN	Ja, gleich. Wir essen spät zu Mittag, ordnen dann unsere Sachen –
GENERAL	Und sterben gegen sechs?
GENERALIN	So dachte ich mirs.
GENERAL	Wenn ich es recht verstand, will unsere Gasse wegen dieses Stichtags für Blumenschmuck aus dem Leben scheiden?

BLUMENFRAU Einige Herrschaften haben sich schon entschlossen, wenn auch beileibe nicht alle.

GENERAL Das wundert mich.

GENERALIN Mich auch.

BLUMENFRAU Die schönsten Gräber werden prämiiert.

GENERAL Das ist mir bereits klar.

GENERALIN Welche Familien haben sich denn schon entschlossen?

BLUMENFRAU Die Namen darf ich nicht nennen.

GENERALIN Hörst du? Am besten, wir entschließen uns gleich! Wenn wir noch zögern, kommen uns alle andern zuvor.

GENERAL Ja. Dann kommen sie uns zuvor.

GENERALIN *eifrig* Es liegt an uns, Alfred.

GENERAL Noch eine Frage.

BLUMENFRAU Eine Frage?

GENERAL Sie betrifft die Bewölkung über den Friedhöfen.

BLUMENFRAU *die blässer geworden ist* Die Bewölkung über den Friedhöfen?

GENERAL Ich meine: an dem Stichtag für Blumenschmuck, an diesem Tag nach unserem Tod. *Ohne sie zu Wort kommen zu lassen* Wird sie resedenfarbig, rosig oder blaßgrün sein?

BLUMENFRAU Resedenfarbig, rosig oder blaßgrün?

GENERAL *schärfer* Ich frage: Wie wird der Himmel sein? Feucht, blaugrau, ähnlich dem Straßenpflaster in der Dämmerung oder

	den Federn der Tauben, die morgens auf dem Kirchplatz kurz aufsteigen?
BLUMENFRAU	Ähnlich dem Straßenpflaster in der Dämmerung oder den Federn der Tauben?
GENERAL	*tritt auf sie zu* Ich frage. Und ich sage dir: Du weißt es. Rot wird er sein, der Himmel, zerfetzt und kochend!
BLUMENFRAU	Ich weiß nichts, ich kann nichts sagen, ich –
GENERAL	Hebt euch jetzt hinweg!

Blumen und Blumenfrau sind verschwunden, zwei helle, etwas rötliche Flecken sind von der Sonne auf dem Parkett.

GENERALIN	*zum General* Wohin gehst du?
GENERAL	Die Kohlen bestellen. Anschließend will ich noch die Tauben auf dem Kirchplatz füttern.

Chrigina

MRS. WRAY St. Peter? *Nach einer Weile* Keine Antwort. Es riecht hier nach Glas und Verwüstung, ich muß das Schild besser anbringen. *Sie geht schlurfend hinunter, innehaltend wieder* St. Peter? Nichts! Auch kein Hammer auf dem Brett, man muß die Fäuste suchen. *Man hört sie hämmern und dann zurückkommen.* Wo er sich wieder herumtreibt? Auf den Rüsseln, den Kanal entlang, die Schule wird eingehen. Unsere kleine liebe Schule, wo Chrigina glücklich war. Schade drum.

ST. PETER Mrs. Wray!

MRS. WRAY Ja?

ST. PETER Ich bin hier. *Als Mrs. Wray schweigt* Ich war gar nicht fort. Ich hatte zwar vor, wegzugehen –

MRS. WRAY *bissig* Wann hatten Sie das nicht.

ST. PETER Und einen Besuch am Hafen zu machen, in einer Pflegestätte für Matrosen kleinerer Schiffe, Liliputkrankenhaus heißt es. Ich wollte dort schon lange einmal hin.

MRS. WRAY Ich kenne Sie.

ST. PETER Sie kennen mich gut. Wer wüßte besser als Sie, wie satt ich die Parkgänge habe, wie mein rostiger Bart mich quält, aber ich lasse ihn. Und sonst das Ganze.

MRS. WRAY Ja.

ST. PETER *einschmeichelnd, von Schwäche gepeinigt*

Ich sehe, daß Sie einen Strick an der Klinke angebracht haben.

MRS. WRAY Damit sie leichter zu öffnen ist.

ST. PETER Wer denn?

MRS. WRAY Die Tür, mein Lieber.

CHRIGINAS VATER *von draußen* Chrigina!

MRS. WRAY Da hören Sie es wieder!

ST. PETER Aber nur einmal.

MRS. WRAY Weiß Gott, wo die Kleine ist.

ST. PETER Ja, man kommt leicht unter die Latten. Und solche Kinder haben unausdenkbare Verstecke. Zwischen den Pflastersteinen, es gibt auch Magazine für Klavierstühle, Orgelpfeifen, die königliche Akademie – höre, sagt Chrigina, ich verwandle mich in einen Hahn oder in sonst etwas, ich warte, bis mein Vater zu suchen aufhört. Das wäre das eine. Oder sie sagt nichts.

MRS. WRAY Hören Sie auf!

ST. PETER *summt vor sich hin:*
Ich bin ein armer Krieger,
ich sah den Rattenkönig
und hab ihm zugesehen
von meinen grünen Kissen.

MRS. WRAY Aufhören!

ST. PETER Ja.

MRS. WRAY Sie kennen keine Grenzen.

ST. PETER *bekümmert* Keine Helligkeit. Ein mattes Licht gegen die Steine. Es bauscht sich in den Zimmern und dann ist es dahin.

MRS. WRAY Ich fände mich schon wieder.

ST. PETER *zerstreut* So? Ja, gewiß.

MRS. WRAY Wer die Lust dazu hat.

ST. PETER Grau oder braun, zerschlissen. Unter die Welt gebettet. Und immer mit der Lust.

MRS. WRAY *scharf* Für die Eröffnung von Schulen nicht ungünstig.

ST. PETER *entschlossen wie einer, der sagt »ich gehe«* Ich bleibe jetzt.

MRS. WRAY Ich sorge mich um Ihre Entschlüsse. Ich brächte jeden einzelnen lieber entfernt von Ihnen unter, zart wie sie sind.

ST. PETER Umfriedet.

MRS. WRAY Mit etwas grünlicher Luft, um heranzuwachsen. Bessere Farben, ein Denkmal zu Pferde, Leonidas.

ST. PETER Nymphen?

MRS. WRAY Nur wenige.

ST. PETER Adieu, meine Liebe!

MRS. WRAY Wer jetzt gehen könnte! Fort von Chriginas Vater und seinem alten Ruf. In eine Gegend, in der das alles wenig meint.

ST. PETER In eine prächtige Gegend.

MRS. WRAY Ja. Und fort aus diesem Stiegenhaus. Hier bauscht es sich wirklich.

ST. PETER Wir könnten beide gehen.

MRS. WRAY Aber keiner von uns. Ich glaube übrigens, daß er nur Brot holen wollte.

ST. PETER Mit dem Schrei auf den Lippen?

MRS. WRAY	Wie immer. Er wird sie wieder anmelden, er wird eines Tages wiederkommen und er wird sagen: »Ich möchte meine Tochter unter Ihre Aufsicht geben!« Und ich werde erwidern: »Aber gewiß, Herr, Herr – –«, wie heißt er nur?
ST. PETER	*lacht.*
MRS. WRAY	Er wird seinen schäbigen Zylinder vor mir ziehen.
ST. PETER	*setzt noch einmal zum Lachen an, beginnt zu husten.*
MRS. WRAY	Und ich werde sie die Treppen hinaufführen und ihr beim offenen Fenster die Handarbeiten wieder beibringen, die verschiedenen Muster, Stiche – *sie seufzt,* wie gut das alles tut.
ST. PETER	*der sich wieder beruhigt hat, gelassen* Er heißt Herr Taube.
MRS. WRAY	*erleichtert* Ganz richtig: Chrigina Taube.
ST. PETER	Eine zarte Schülerin.
MRS. WRAY	Leicht zu kräftigen.
ST. PETER	Und mit einem Stoß wieder in die Welt zu bringen.
MRS. WRAY	Mit einem schnellen Schub.
ST. PETER	Ihre Schübe, Mrs. Wray!
MRS. WRAY	Seit langem berühmt. Von verschiedenen Instanzen gewürdigt, in Speisesälen verlesen.
ST. PETER	Ein Junge knackte dazwischen seine letzte Nuß mit dem Absatz auf.

MRS. WRAY *empört* Sie –

ST. PETER Ich fand es ungehörig.

MRS. WRAY Aber mehr nicht.

ST. PETER Ich habe lange genug Ihre Ordnungen geteilt, Mrs. Wray, viele Sorgen hatten wir gleichzeitig. Die Proportionen im Bauwesen, Fragen des Dammbaues, des Schiffsmodellbaues –

MRS. WRAY *wegwerfend* Studienpläne, Stundeneinteilungen! *Ihn nachäffend* Wer fegt heute die untere Treppe, meine Liebe?

ST. PETER *erschöpft* Ich bin immer wieder in Ihren Domen zur Welt gekommen.

MRS. WRAY Zwischen Kandelabern, die man rasch herbeiholte. Und dabei blieb es. Sie hatten es nicht einmal nötig. Ist Ihnen unser Streit über das verstreute Konfetti gegenwärtig?

ST. PETER Ja.

MRS. WRAY Und vieles andere.

ST. PETER Alles und immer.

MRS. WRAY Ein Glück, daß man Ihnen Töchter nicht mehr anvertraut. In Ihren vier Wänden da oben.

ST. PETER Es sind nicht vier. Die erste ist nur gemalt und die dritte –

MRS. WRAY Aber Möglichkeiten für Verstecke, ah – *sie lacht exaltiert* – reichlich!

CHRIGINAS VATER *von draußen* Chrigina!

ST. PETER Der Wind geht deutlich. Und mit Ihnen im Bunde.

CHRIGINAS VATER *stützt die Arme auf das einzige Flurfenster* Hat jemand meine Tochter gesehen?

MRS. WRAY *ohne ihn zu beachten* Wenn ich denke, was alles sein könnte! *Sie schlägt die Hände vor die Augen, beginnt plötzlich zu weinen* Steinplatten, wilde Dochte –

ST. PETER *räuspert sich* Mrs. Wray!

MRS. WRAY Und das ewige Glück! Ein verschwommenes Gefährt, die Straße herunter!

CHRIGINAS VATER Ich nehme jede Auskunft entgegen, unverbindlich. Ich war auch schon bei den Zollschiffen.

MRS. WRAY Das hätten Sie lassen sollen.

ST. PETER Nichts in den Listen?

CHRIGINAS VATER Die Listen waren durchtränkt. Von unten her, wissen Sie.

MRS. WRAY *wieder ausbrechend* Ihre Tochter hat bei uns den Kreuzstich erlernt!

ST. PETER Nur bei Ihnen, Mrs. Wray.

MRS. WRAY Sie hatte ihre Ordnung, sie war geborgen. An den Nachmittagen holte sie Brot und Äpfel aus dem Korb.

ST. PETER Was hätte sie sonst sollen?

CHRIGINAS VATER Ich habe mir lange genug den Kopf darüber zerbrochen.

ST. PETER Es blieb ihr nichts übrig, mein Lieber.

CHRIGINAS VATER Mein Trost, eine schwache Zeichnung, die tibetischen Hügel. Ganz vorne bückt sich ein Kutscher zu seinem Faß, dahinter sind mit etwas Rötel die Stunden angedeutet.

ST. PETER *lebhaft* Ganz recht!

MRS. WRAY Und das ist alles, bei Ihnen?

CHRIGINAS VATER Bei mir nicht.

MRS. WRAY Sie bringen es immer wieder fertig, einen auf Orte hinzulenken, an denen sich nichts abspielt. Zuletzt haben Sie sichs selbst zuzuschreiben –

CHRIGINAS VATER *inständig* Ja, ja! Das möchte ich!

MRS. WRAY *wütend* Das möchte er, darauf läuft es hinaus. Das wird zuletzt seine einzige Sorge sein! Man hätte sie Ihnen nie wieder überlassen dürfen.

ST. PETER Keinem von uns.

MRS. WRAY Sehr wahr.

ST. PETER Ich wollte nur noch auf das Moos in den Höfen der Missionsanstalten hinweisen. Sie sind oft mit viereckigen Steinen gepflastert, erhaben, und dazwischen wächst Moos. Kein Staub, keine Nußschalen –

MRS. WRAY Das bringt mich darauf! *Sie beginnt den Staub nach hinten zu kehren.*

ST. PETER Aber auch keine Kerne.

CHRIGINAS VATER Manchmal wollte sie Birnen. Vater, gib mir Birnen! Was sie alles wollte.

MRS. WRAY Nicht zu verwundern.

ST. PETER Ich würde an Ihrer Stelle –

CHRIGINAS VATER *begierig* Ja?

ST. PETER — Ein Gesuch aufsetzen.

CHRIGINAS VATER — Ein Gesuch? *Er enfernt sich vorsichtig, während St. Peter weiter überlegt.*

ST. PETER — Noch einmal zu den Schiffen, die Schimmel, Lagerpferde, es gibt da noch einige, die Funkenstiege und die ganze üble Gegend da unten – *er sieht auf, bemerkt das leere Fenster* – aber an unserer Anstalt liegt es nicht und Sie können sicher sein – wir haben alles getan – *streift das Haar zurück, stürzt aus dem Haus.*

ST. PETER — *aus der Ferne* Herr Taube, Herr Taube!

MRS. WRAY — *nachäffend* Chrigina und Herr Taube, Herr Taube und Chrigina! Das können sie. *Sie stellt den Besen hin, so daß man es hört* Unser liebes altes Haus in Verruf bringen. Und mehr können sie nicht. *Man sieht und hört nichts mehr von Mrs. Wray.*

Fürsorge

FÜRSORGERIN *in einem dunklen Raum, schreibend an einem Tisch, hebt den Kopf, als sie die Tür gehen hört* Da bist du, Johanna!

JOHANNA *jung, etwas schattenhaft, bleibt in der Tür lehnen* Ja.

FÜRSORGERIN Ist alles gut gegangen?

JOHANNA Ganz gut.

FÜRSORGERIN *etwas ungeduldig* Setz dich doch, Kind, ich bin dann gleich so weit.

JOHANNA *setzt sich rasch auf einen Stuhl nahe der Tür.*

FÜRSORGERIN Schlechtes Wetter, nicht?

JOHANNA Es regnet immer noch. *Verändert, hastig* Ich habe die Schuhe alle abgegeben.

FÜRSORGERIN Und richtig? Die guten Wünsche dazu und meine Grüße?

JOHANNA Ja. *Während die Fürsorgerin weiterschreibt* Wo niemand da war, habe ich sie zu den Nachbarn gestellt. Manche waren gerade beim Packen, da kam es noch zurecht.

FÜRSORGERIN Gut, gut.

JOHANNA Ein Kleiner war im Hallenbad, da habe ich die Schuhe seiner Mutter gegeben. Und zwei Kinder waren allein zu Haus.

FÜRSORGERIN Freuten sie sich?

JOHANNA Ja. Sie sagten, sie brauchten gerade solche Schuhe für ihr Spiel. Turmspiel, so hieß es. Kennen Sie das?

FÜRSORGERIN Nein.

JOHANNA Hänsel, lieber Hänsel, sang die Kleine.

FÜRSORGERIN *lacht* Das werden Hänsel und Gretel sein, die du gefunden hast.

JOHANNA Der Kleine hieß Joseph. Im Flur standen Pakete, daß man kaum durchkam, aber die gehörten ihnen nicht.

FÜRSORGERIN Ich kenne das Haus. *Weiterschreibend* Und hast du überall dazu gesagt, daß die Schuhe vielleicht nicht passen? Zu eng oder zu groß oder was immer?

JOHANNA Ich habe alles gesagt. Und dann über die Brücke –

FÜRSORGERIN *zerstreut* Ja?

JOHANNA Da war es windig, fast Sturm. Bei der Kirche lief mir die Blonde in die Arme, ich habe den Namen vergessen.

FÜRSORGERIN Gertrud.

JOHANNA Ja, so hieß sie, mit den Zöpfen. Sie tat, als ob sie sich freute. Der gab ich die Schuhe auch.

FÜRSORGERIN Wohnt gleich daneben.

JOHANNA Und der Fischhändlerin für den Enkel.

FÜRSORGERIN Hoffentlich der richtigen, so wie ichs dir sagte.

JOHANNA Drüben war es still, wenig Kaffeehäuser. Nur der Sturm hat mir fast die Schachteln aus der Hand gerissen und das Packpapier fort.

FÜRSORGERIN *hebt den Kopf* Uns reißt es auch bald das Dach über dem Kopf weg, aber das soll uns nicht schaden, nicht wahr?

JOHANNA Nein.

FÜRSORGERIN Nicht hindern, das zu tun, wonach uns ist, nicht wahr? *Weiterschreibend* Ich gebe dir auch nachher wieder Schuhe mit.

JOHANNA *zögernd* Ich glaube, daß die Leute jetzt genug Schuhe haben. Sie freuen sich nicht mehr damit.

FÜRSORGERIN Nicht?

JOHANNA Wenn sie gefüllt wären, dann wäre es noch anders. Aber gefüllt sind sie nicht.

FÜRSORGERIN Es kann auch nicht alles sein.

JOHANNA *rasch* Sie stellen sich nur so, als freuten sie sich. Aber sie wissen nicht, wohin damit und wie sie sie einpacken sollen.

FÜRSORGERIN *wegwerfend* Die meisten sind leicht: Filzschuhe oder Sommersandalen, Opanken für die Hitze und die durchbrochenen für den Übergang. Das ist alles leicht zu verpacken, das läßt sich obenhin stecken. Freilich, wenn jemand nicht will –

JOHANNA Man kann auch von Schuhen genug haben. Es kann so werden, daß einem der Ekel kommt, wenn man Schuhe sieht.

FÜRSORGERIN Wenn es einem zu gut geht.

JOHANNA *sie nicht beachtend* Man kann zum Beispiel Lust auf Bischofsmützen bekommen, weiß und gold und in die Stiegenhäuser geschichtet. Wenn man daranstößt, so schwanken sie, aber sie fallen nicht um. Berge von Bischofsmützen!

FÜRSORGERIN Danach ist dir nicht ernstlich ums Herz.

JOHANNA *schweigt wieder.*

FÜRSORGERIN Und anstatt, daß sie froh sind, daß überhaupt jemand noch –

JOHANNA Die sind nicht so leicht froh.

FÜRSORGERIN *seufzend* Das ist es.

JOHANNA *als sie weiterschreibt* Soll ich jetzt wieder gehen?

FÜRSORGERIN Ich weiß es nicht, Johanna.
Als sie den Stuhl rücken hört Nein, bleib noch!
Gönn mir zuerst noch Ruhe und laß mich fertigschreiben! Wir reden dann weiter von den Schuhen.

JOHANNA Oder man bekommt Lust auf Eisbuden, die auf die Flüsse gestellt sind, ich meine: Buden mit Feuer auf dem blanken Eis, die sich verschieben lassen.

FÜRSORGERIN Hör auf mit deinen Lüsten!

JOHANNA *streng* Ich rede nicht von mir.

FÜRSORGERIN Nicht von dir?

JOHANNA Nein, von mir rede ich nicht. Ich wüßte mir noch ganz andere Sachen.

FÜRSORGERIN So würde ich nicht reden bei diesen Zeiten.

JOHANNA Und an meiner Stelle.

FÜRSORGERIN Was sagst du?

JOHANNA Wenn ich an meiner Stelle wäre.

FÜRSORGERIN *hebt aufmerksam den Kopf* Solltest du nicht erst später kommen, Johanna?

JOHANNA Viel später nicht.

FÜRSORGERIN Um mich bei meinen Schreibarbeiten nicht zu stören.

JOHANNA *neugierig* Sind das die Rechnungen für die Bischofsmützen?

FÜRSORGERIN Wer redet von Bischofsmützen? Bischofsmützen und Eisbuden, das sind für mich weit entfernt liegende Dinge.

JOHANNA Aber Rechnungen sind es.

FÜRSORGERIN Ich habe wichtigeres zu bedenken: die Besuche in den Krankenhäusern. Einen Fliederstrauß für die alte Frau X. Die Rettung eines Kindes.

JOHANNA Das auch.

FÜRSORGERIN Denn es gibt eine große Anzahl von bedrohten Kindern.

JOHANNA Und jedem kann man nicht helfen.

FÜRSORGERIN Aber doch da und dort. Man geht hin und erkundigt sich, man borgt ihnen Bücher. Die Leute haben keine Ahnung, welche Macht in den Büchern steckt.

JOHANNA Das ist wahr. Ich habe einmal eins von Eisstößen und Salzknechten gelesen. Das half mir lang.

FÜRSORGERIN Du hast auch keine Ahnung. Manche hausen in Kellerluken oder oben zwischen den Dachsparren. Im Winter ist es dort eisig und im Sommer heiß.

JOHANNA — *ruhig* Da geht es mir noch gut.

FÜRSORGERIN — Wenn du es nur einsiehst.

JOHANNA — Ich kann hier aus- und eingehen und Sie sagen zu mir: »Setz dich doch, Kind!«

FÜRSORGERIN — *lacht.*

JOHANNA — Aber manches erfahre ich doch nicht.

FÜRSORGERIN — Nein.

JOHANNA — *die näher gekommen ist* Wofür sind die Rechnungen hier?

FÜRSORGERIN — *unwillig* Weshalb sollen es denn Rechnungen sein?

JOHANNA — Das sieht wie Zahlen aus.

FÜRSORGERIN — *gereizt* Ich bitte dich, geh jetzt an die Luft, Kind! Unterhalte dich mit dem Pförtner –

JOHANNA — Der ist einkaufen gegangen, mit der großen Tasche. Ich sah ihn vorhin.

FÜRSORGERIN — Oder mit wem immer. Sieh nach, ob du die Katze findest und hole sie herein.

JOHANNA — *traurig* Ja.

FÜRSORGERIN — Zähle von mir aus die Pfosten am Stiegengeländer, nur störe mich jetzt hier nicht.

JOHANNA — Ich gehe gleich. Aber wenn Sie mir dann sagen, was Sie hier schreiben?

FÜRSORGERIN — Das bin ich dir nicht schuldig.

JOHANNA — Ich meine: nur ob es Zahlen sind oder etwas anderes?

FÜRSORGERIN — *ist aufgesprungen und stampft mit dem Fuß auf* Geh jetzt!

JOHANNA Oder nur Namen, die Zahlen ähnlich sind, die gibt es auch. Man schreibt fünf oder sechs Namen in eine kurze Reihe *lacht ängstlich* und es sieht schon aus, als zählte man sie alle zusammen.

FÜRSORGERIN *etwas ruhiger* Geh, geh!

Die unmüden Schläfer

Szene aus einem Schauspiel

Von der Seite gesehen links die Aufbahrungshalle eines Krematoriums. Auf dem erhöhten, aus Brettern gezimmerten Boden ein schräges Gestell für den Sarg, daneben zwei Kerzen und einige dürftige Blumen. Keine Seitenwände, das Dach ist von zwei Eisenstangen gestützt. In der Rückwand hinter dem Gestell für den Sarg ein schwarzer, in Falten gelegter Vorhang, ziemlich weit seitlich davon in Richtung Zuschauerraum eine kleinere Tür. Zu beiden Seiten und von vorn führen jeweils Stufen hinunter. Im Freien außerhalb der Halle drei Reihen Holzbänke, roh und ohne Lehne. Beim Öffnen des Vorhangs ist niemand zu sehen. Vorn am Eck der dritten Bankreihe liegt ein schwarzer Umhang. Nach einigen Augenblicken betritt der Pfarrer in einer abgetragenen Soutane zögernd durch die kleine Tür die Aufbahrungshalle.

PFARRER *wischt sich den Schweiß von der Stirne, spricht in den leeren Raum hinein* Noch niemand da?

Nach einigen Augenblicken wird, ohne daß noch eine Person zu sehen ist, ein glänzender Holzsarg durch den sich öffnenden Vorhang geschoben.

PFARRER Herr Schwarz!

Die elektrischen Kerzen flammen auf.

PFARRER *lauter und etwas hilflos* Herr Schwarz! *Er sieht auf die Uhr.*

Aus dem die Halle umgebenden Friedhof kommen zwei Frauen, sie sind eilig, laufen zuletzt und setzen sich rasch an den Rand der ersten Bankreihe. Als sie den Pfarrer sehen, springen sie ebenso rasch auf und schieben sich in die Mitte der zweiten Reihe. Die größere, kräftigere von ihnen nimmt nach einem kurzen Blick rundum einen dunklen, breiten Schal, den sie am Arm hatte, und breitet ihn sich und der anderen über Kopf und Schultern. Sie rücken näher zusammen. Der Pfarrer tritt etwas näher an den ungeschützten Rand der Rampe.

PFARRER *ruft hinunter* Verbrennung Bounty? *Die beiden sehen sich an, antworten aber nicht.*

PFARRER Ob Sie zur Verbrennung Bounty gekommen sind?

DIE ÄLTERE Bounty, das sind wir.

PFARRER Emily Bounty.

DIE ÄLTERE Die muß da oben drin sein.

DIE JÜNGERE *ängstlich* Ist das denn sicher?

DIE ÄLTERE *resolut* Kann man nicht nachschauen?

PFARRER Nein.

DIE ÄLTERE Unserer Schwester wurde auch schon der Herzstich verweigert. Tim Candy hat ihn bekommen, aber von unserer Schwester sagte der Totenbeschauer: Von wem ich sage, daß er tot ist, der ist tot. *Nach einem Augenblick.* Das sollte er mal bei mir versuchen, aber ich nehme ihn nicht. Ich nehme Dr. Peebles.

DIE JÜNGERE Es kann auch sein, daß alles stimmt, Lavinia.

LAVINIA *zornig* Ja, das kann immer sein. Es ist immer mit eine kleine Möglichkeit!

PFARRER *laut* Herr Schwarz!

LAVINIA Den habe ich vorhin auf dem Fahrrad gesehen. Bei den Heldengräbern.

MARIE Der ist schnell herum. *belebt* Da ist er!

Ein Mann in einem grauen Arbeitskittel fährt gelassen den hinteren Bühnenrand entlang, verschwindet hinter der Leichenhalle und betritt nach einem Augenblick die Tribüne.

SCHWARZ Ich war schon vorhin da.

PFARRER Ich auch. Noch mehr Trauergäste zu erwarten?

SCHWARZ Das ist immer eine unsichere Sache. *Zu*

den beiden Frauen Der Herr Pfarrer will wissen, ob vielleicht noch jemand kommt.

MARIE Spricht er mit uns?

SCHWARZ *lauter, während er eine Kerze, die schief stand, gerade richtet* Ob noch jemand kommt?

MARIE *schüchtern zu Lavinia* Meinst du, daß Vater –

LAVINIA Es sieht nicht so aus, nicht wahr?

MARIE Aber Vater?

LAVINIA *zu Schwarz* Von uns aus können Sie ruhig beginnen.

MARIE Unser Vater –

PFARRER Ihr Herr Vater –

LAVINIA Von unserem Herrn Vater hatte ich immer den Eindruck, daß er schon vor uns nicht da war.

PFARRER *halb zu den beiden Frauen, halb zu Schwarz gewandt* Soll ich dann beginnen?

SCHWARZ Ja.

MARIE *beginnt leise zu schluchzen*

PFARRER *zögernd* Ich beginne dann also. *Er geht die drei Holzstufen hinunter, nimmt seinen Umhang von der Bank und steigt wieder hinauf. Er öffnet und schließt die Tür, durch die er kam, und geht näher an den Sarg heran.*

MARIE *schluchzt stärker*

LAVINIA *zu Marie* Der sieht uns bald ähnlich. *Zum Pfarrer* Beginnen Sie doch! Meine Schwester weint schon.

PFARRER *hilflos* Ihr Fräulein Schwester –

LAVINIA Mein eines Fräulein Schwester, die neben mir. Mein anderes Fräulein Schwester weint nicht mehr. Die neben Ihnen.

PFARRER Nun also.

SCHWARZ *ungefragt, aber deutlich, die eine Hand über den Augen, um sie gegen die Sonne zu schützen* Jetzt kommt niemand mehr.

PFARRER Verehrte Anwesende!

LAVINIA *zu der noch leicht schluchzenden Marie* Hörst du zu, Marie?

PFARRER *lauter* Verehrte Anwesende! *Leise zu Schwarz* Verwandtschaftsgrad?

SCHWARZ Schwestern.

PFARRER Verehrte liebe Nächste der teuren Hingeschiedenen –

LAVINIA *zu Marie* Der ist ein Karnickel.

MARIE *die aufgehört hat zu weinen* Mir gefällt er.

PFARRER Verehrte Anwesende der teuren Hingeschiedenen, die im Alter von siebenunddreißig Jahren –

LAVINIA *laut* Siebenunddreißig ist richtig.

PFARRER *verwirrt* Im begnadeten Alter von siebenunddreißig Jahren –

LAVINIA *zu Marie* Da ist etwas Unrichtiges dran. Es wird mir noch einfallen.

PFARRER Von siebenunddreißig Jahren – *stockt*

SCHWARZ Die beiden Damen sollten den Herrn Pfarrer zu Ende reden lassen.

MARIE *beschwörend* Siehst du, Lavinia!

SCHWARZ *etwas schärfer, aber ruhig* Weil das Fräulein Schwester heute nicht die einzige ist.

LAVINIA Arme Emily, ich dachte –

SCHWARZ *streng* Sie ist nicht die einzige.

LAVINIA Diese Art von Begründungen –

MARIE *verzweifelt* Lavinia!

LAVINIA Sind das, worauf man immer gefaßt sein muß. Euer Ehrwürden –

PFARRER *wischt sich den Schweiß von der Stirne, hilflos* Staub bist du und zu Staub sollst du werden.

MARIE *vorwurfsvoll zu Lavinia* Siehst du!

PFARRER *rasch weiter* Verehrte Anwesende, wir wollen den Abschied von der teuren Dahingeschiedenen unter dieses Motto stellen. Die teure Dahingeschiedene –

MARIE *ängstlich zu Lavinia* Sag nichts mehr!

PFARRER Sie hat bewiesen, daß man nicht in überbelegten psychiatrischen Abteilungen sterben muß. Daß wir das Ende ohne Spannung und Unruhe bedenken dürfen, daß wir uns ohne Angst in die Arme des Allmächtigen sinken lassen dürfen –

LAVINIA *wird von einem Hustenkrampf geschüttelt, den sie rasch unterdrückt*

PFARRER Nicht mit Lederriemen ans Bett gefesselt, sondern frei, aufrecht und sogar zu Hause. An ihrem letzten Tag stand sie zur gewohnten Zeit aus dem Bett auf. Sie stellte trotz üblem Befinden den Wasserkessel auf den Herd und öffnete alle Fenster.

LAVINIA *jetzt flüsternd* Diese Wahnsinnige.

PFARRER Aber nicht, um selbst Luft zu bekommen. Sie öffnete ihr Bett, warf die Decke zurück, schob die Kissen auseinander –

LAVINIA Und machte sich über den Nähkorb.

PFARRER Ganz recht. Wie sich später herausstellte, hatte sie vor, nach der Näharbeit einen Sammelbrief an ihre Verwandten und Freunde in Übersee zu schreiben, kam jedoch nicht mehr dazu.

LAVINIA *den Arm noch schützender um die schluchzende Marie gelegt* Gott sei Dank.

PFARRER Sie starb beispielhaft, mit Nadel und Faden in der Hand –

LAVINIA Und einen bis zur Unkenntlichkeit zerfetzten Kniestrumpf eines ihrer entfernteren Vettern.

PFARRER *entschlossen, sich nicht mehr unterbrechen zu lassen* Vornübergebeugt, rasch und voll von Rücksicht auf den Rest der Familie, auf Vater und Schwestern, auf den Ablauf des Ganzen, den sie ebenso durch einen langen und ängstlichen Todeskampf hätte aufhalten können.

LAVINIA Bravo. Oder Brava. Weiß nicht, wie man da sagt.

MARIE *flüsternd* Lavinia!

PFARRER Man fand sie.

LAVINIA Das war der Gipfel der Rücksicht.

MARIE *schluchzend* Emily!

PFARRER Man gab sie zur Ruhe. So wie sie war.

LAVINIA Gewaschen war sie auch schon.

PFARRER Den Frieden im Gesicht. Sie war leicht auf die Bahre zu heben, aber sie wird nicht zu leicht befunden werden, wenn es darauf ankommt. *Er wischt sich wieder den Schweiß von der Stirne.*

LAVINIA Das nehmen wir ihr ab.

PFARRER Siebenunddreißig Jahre. Wenn man weiß, was das heißt. Das heißt auch acht Jahre alt werden, neun Jahre, zehn Jahre, das heißt auch achtzehn feiern, neunzehn Jahre, zwanzig Jahre, das heißt auch siebenundzwanzig Jahre auf sich nehmen, achtundzwanzig, neunundzwanzig Jahre widerstehen, das heißt auch –

MARIE *reißt das Tuch vom Kopf, schreit schrill und kurz auf und sinkt dann wieder in sich zusammen, zieht das Tuch, von ihrer Schwester unterstützt, wieder über den Kopf*

LAVINIA *starr* Berücksichtigen Sie uns.

Ein weißhaariger, hagerer Mensch mit einer Flinte unter dem Arm betritt die Bühne, steigt über die Stufen von rechts her auf die Tribüne mit dem Sarg. Er betrachtet alles eingehend, starrt auf die beiden schwarzen Gestalten hinunter, sagt dann aufatmend nach einiger Überlegung Seien wir froh, daß wir alle weiß und britisch sind.

MARIE *erschrocken* Vater!

VATER *streng* Weiß und britisch.

LAVINIA Das sah ich kommen.

SCHWARZ Gehört der Herr zur Trauergesellschaft?

VATER Ich gehöre zu der ganzen Gesellschaft.

PFARRER *respektvoll und mit einer leichten Verbeugung* Der Vater.

LAVINIA Mit seinen verfluchten Töchtern. Jetzt gehört er auf einmal zu uns.

VATER Wir wollen zuerst einmal in die Sonne schießen.

PFARRER *noch immer respektvoll* Meine aufrichtige Teilnahme.

VATER *hebt ohne zu danken seine Flinte und schießt* Guten Morgen, liebe Sonne, wir wollen auch diesen Tag nicht ohne dich beginnen.

LAVINIA Wir schon. Und ohne dich, Vater.

VATER Halt den Mund Lavinia, du hättest ein Sohn werden sollen.

LAVINIA Wer nicht?

PFARRER Nochmals meine aufrichtige Teilnahme.

VATER *geht leutselig auf den Pfarrer zu* Ich danke Ihnen, Herr Pfarrer, meine Emily war wirklich ein gutes Mädchen.

SCHWARZ *der seitlich hinter ihm steht* Teilnahme.

VATER *verbeugt sich in der entsprechenden Richtung* Danke ebenfalls. Und nochmals: Seien wir froh, daß wir alle weiß und britisch sind. Das gibt einem wenigstens den richtigen Halt in unmöglichen Situationen wie diesen.

SCHWARZ Wenn der Herr sich jetzt hinunter begeben wollen, damit die Zeremonie zu Ende geführt werden kann.

VATER *schiebt sich mit seiner Flinte durch die seitliche Tür hinaus* Danke dem Herrn. Aber ich gehe lieber zu den Heldengräbern. Bin dort zu finden, falls ich noch gebraucht werde.

SCHWARZ Haben Sie vorhin von da drüben geschossen?

VATER Ich? Ja. Ist es nicht erlaubt, gerade von dort der Sonne seinen Salut zu geben?

SCHWARZ Nicht zu oft. Es artet leicht aus.

VATER *kopfschüttelnd, im Gehen* Artet leicht aus!

LAVINIA Das versteht er nicht.

SCHWARZ Das möchten nämlich viele.

LAVINIA Ja.

PFARRER Wollen wir jetzt zum tröstlicheren Teil

der Zeremonie übergehen? *Er setzt sich an ein im Hintergrund befindliches Harmonium und schlägt einen Akkord an, beginnt das Lied »Tochter Zions« zu singen, singt einige Worte, ehe er unterbrochen wird.*

Von rechts kommt schwankend ein junger Mann gelaufen

LAVINIA Andrew!
ANDREW Da seid ihr ja.
MARIE *schüchtern* Das ist unser Bruder. Komm her, Andrew!
ANDREW *während er sich durch die engen Bankreihen zu seinen Schwestern begibt* War das Vater, der vorhin den Himmel über dieser stillen Stätte nach zum Jagen unerlaubten Vögeln absuchte?
MARIE *leise* Vater.
ANDREW *umarmt seine jüngste Schwester* Mariechen! *Über ihren Kopf hinweg zu Lavinia* Hat es schon begonnen?
LAVINIA Es hat schon lang begonnen. Der Herr Pfarrer wollte gerade mit dem tröstlicheren Teil beginnen.
ANDREW Was ist das? *Er legt den Kopf auf Maries Schoß* Ich bin so müde.
LAVINIA Sei jetzt still!
MARIE *streichelt seinen Kopf* Bleib so.

ANDREW *versucht sich aufzurichten* Ich will wissen, was das ist. *Läßt sich wieder zurücksinken*

PFARRER *der aufgestanden war, hat sich wieder ans Harmonium gesetzt und beginnt nach dem Eingangsakkord wieder zu singen* Tochter Zions freue dich! *Verstummt, spielt aber weiter, als Marie einfällt*

MARIE *leise* Jauchze laut, Jerusalem! Sieh, dein König kommt zu dir –

PFARRER *als Marie schluchzend das Lied unterbricht* Sieh, er kommt, der Friedefürst!

ANDREW *während der Pfarrer das Lied zu Ende spielt und Marie, jetzt den Kopf auf Andrews Knien, von Schluchzen geschüttelt wird* Ist das der tröstlichere Teil?

MARIE *verzweifelt* Ich glaube schon.

PFARRER *verläßt die Tribüne, steigt die Seitenstufen hinab, geht an der ersten Reihe der Holzbänke entlang und versucht darüber hinweg den Geschwistern die Hände zu schütteln* Aufrichtige Teilnahme, Teilnahme, aufrichtige Teilnahme! *Er wischt sich mit dem Taschentuch über den Kopf.*

ANDREW Immer viel zu tun, Ehrwürden?

PFARRER Es geht. Also! *Er geht in der Richtung, aus der Andrew gekommen ist, davon.*

ANDREW Es geht also. Wo ist denn Emily? *Der Sarg ist inzwischen wieder ins Innere des Gebäudes gebracht worden.*

MARIE *steht nicht auf, beginnt wieder leise zu weinen.*

LAVINIA Mußt du immer unnützes Zeug fragen, Andrew?

ANDREW Habt ihr das Geschäftliche schon erledigt?

LAVINIA Ja.

ANDREW Oder Vater?

LAVINIA Wir.

ANDREW Ich könnte es nämlich im Augenblick nicht.

LAVINIA Vater auch nicht.

SCHWARZ *der zwei Blumensträuße und einen Kranz an den Rand der Tribüne gelegt hat* Wollen bestimmen, was mit dem Blumenschmuck zu geschehen hat.

ANDREW Was sonst damit geschieht.

MARIE Mögen Sie sie behalten?

SCHWARZ *schüttelt den Kopf.*

MARIE *leise zu Lavinia* Sollte man dem Mann nicht vielleicht eine Kleinigkeit –

ANDREW Natürlich *Er beginnt vergeblich in seinen Taschen zu suchen, während Lavinia aufgestanden ist, ihre Handtasche öffnet, einen Schein herausnimmt und sich aus den Bänken schiebt.*

SCHWARZ Die Herrschaften müssen entschuldigen, aber diese Blumen werden mir immer wieder angeboten. Und ich bin seit meiner Kindheit ein Feind von Schnittblumen. Es gibt auch zuviele davon.

LAVINIA *ist inzwischen bei der Tribüne und Schwarz angelangt, reicht ihm den Schein hinauf* Davon hoffentlich nicht.

SCHWARZ Ergebenen Dank.

LAVINIA *hängt sich den Kranz um den Arm und nimmt die Blumensträuße* Das hier nehmen wir dann mit.

ANDREW *eilt herbei, Marie hinter sich her führend* Schwesterchen, Schwesterchen, überlaste dich nicht! *Er nimmt Lavinia den Kranz ab, hängt ihn um seinen Hals und nimmt dann auch die Blumensträuße.*

SCHWARZ *indem er den schwarzen Vorhang hinter der Tribüne schließt und selbst dahinter verschwindet* Dann noch einmal Teilnahme, die Herrschaften.

ANDREW Wirklich viel.

LAVINIA Nimm den Kranz vom Hals, Andrew. Und gib mir und Marie die Blumen. Es sieht fast aus, als wolltest du dich lustig machen.

ANDREW *ruhig* Ich wollte mich nur traurig machen, ich spüre nämlich nichts. *Er gibt jeder der Schwestern einen Blumenstrauß, läßt den Kranz aber um.*

Man hört etwas entfernt rasch hintereinander einige Schüsse.

LAVINIA Unser Vater scheint noch in der Nähe zu sein.

MARIE Weiter weg als vorhin.

ANDREW Unsere süße Marie. *Er legt ihr die Hand auf die Schulter* Immer bereit, peinlichen Sachverhalten etwas von ihrer Peinlichkeit zu nehmen. *Er läßt die Hand sinken, mehr zu Lavinia* War er nicht hier?

MARIE Er war hier.

ANDREW Und wie benahm er sich?

LAVINIA Er ging gleich auf die Tribüne und schoß.

ANDREW Unserer Emily zu Ehren?

LAVINIA *kurz* Der Sonne zu Ehren.

ANDREW Das sieht ihm ähnlich.

MARIE Sie geht schon weg.

ANDREW *deutet mit dem Kopf auf den leichten Rauch, der links hinter der Tribüne hervorkommt* Emily vertreibt sie. Die Gute.

LAVINIA *streng* Andrew.

ANDREW Gehen wir auch.

MARIE Vielleicht vermeiden wir die Heldengräber.

ANDREW Sehr gern. Ich weiß einen Seitenausgang. *Er zieht die Hände aus den Taschen, hängt sich bei seinen Schwestern ein und beginnt mit ihnen in die Richtung zu gehen, aus der er gekommen ist.*

LAVINIA Kannst du nicht den Kranz vom Hals nehmen, ehe wir den Friedhof verlassen?

ANDREW Einiges kann ich. Das meiste kann ich nicht. *Sie gehen jetzt rascher und entfernen sich von der Bühne. Einen Augenblick bleibt es still, dann erscheint aus der anderen Richtung kommend noch einmal der Vater.*

VATER Meine beiden Mädchen nicht mehr hier? Marie, Lavinia! *Er bemerkt den schwarzen Vorhang, hebt den Kopf und betrachtet den schwächer werdenden Rauch.* Hier hat sich einiges verändert. Ich sage ja: siebzig Schritte weiter, drei, vier Schüsse mehr, und die Welt zeigt ein anderes Gesicht. Bravo Baldwin! *Er klopft sich selbst auf die Schulter.* Aber die werden auch vor dem Rauch Reißaus genommen haben. Der nebelt einen ja schon auf Sichtweite ein. *Er macht einige Schritte, bleibt dann noch einmal stehen und blickt zum Rauch hinüber.* Bravo Emily, dich hätte ich fast vergessen. Hast deine Sache immer gut gemacht und scheinst sie auch jetzt nicht schlecht zu machen, soweit ich's übersehe. Warst immer ein unauffälliges Mädchen, das sich verzog, wenn auch nur einer kam und redete. Beim Himmel, jetzt auch! Aber sei unbesorgt, es ist nur dein alter Vater, der dir noch eine Minute über die Schulter schaut, ehe er wieder zu den andern geht und die unnützen Unterhaltungen von neuem in Schwung setzt. »Meine Liebe, ich sage ja, Ihre Arthritis hat sich in den wenigen Tagen, die ich nicht das Vergnügen hatte, erheblich gebessert. Schon das Neueste vom alten Swift gelesen? Nur halb? Halb ist immer das Beste.« *Er unterbricht sich, schweigt einen Augenblick* Mir scheint, jetzt dreht auch der Rauch. Du bist wirklich ein unglaubliches Mädchen, Emily. Und ich sehe, du bleibst es. *Er läuft, die Flinte über der Schulter, in der Richtung, die auch die anderen nahmen, davon.*

Anhang

Editorische Nachbemerkung

Von einem »zierlichen Meisterwerk, das auf knapp hundert Seiten Fülle und Geheimnis des Lebens enthält« sprach Günter Blöcker nach Erscheinen der ersten Sammlung von Dialogen Ilse Aichingers in *zu keiner Stunde* (1957). Die in diesem ersten schmalen Band versammelten Stücke waren 1954 bis 1956 in Lenggries/Oberbayern entstanden, wohin Ilse Aichinger nach ihrer Heirat mit Günter Eich gezogen war. Es waren, verhaltene und doch bewegte Dialoge, eine völlig neue Gattung von Lesestücken.

In den Jahren nach dem Erscheinen dieses Bandes waren drei neue Dialoge/Szenen entstanden, die 1961 in der Schulausgabe *Besuch im Pfarrhaus* bei S. Fischer erschienen sind (*Paßüberquerung, Weiße Chrysanthemen, Nicht vor Mailand*). Die beiden letztgenannten Dialoge finden sich auch in der Ausgabe *Wo ich wohne. Erzählungen, Dialoge, Gedichte* (S. Fischer 1963) und in der erweiterten Neuausgabe von *zu keiner Stunde* 1980. Der Band von 1980 enthält überdies noch die in den sechziger Jahren entstandenen Dialoge *Chrigina* und *Fürsorge*, jedoch nicht mehr *Paßüberquerung* von 1961.

Gerade dieser Dialog aber – den Ilse Aichinger Nelly Sachs widmete – hat einen ganz leichten, unscheinbaren Zauber und soll in der hier vorliegenden neuen Edition wieder zugänglich gemacht werden. Sie wird vor die Szene *Nicht vor Mailand* gereiht. Als zweite Erweiterung gegenüber der Ausgabe von 1980 schließt der Band mit einer 1980 veröffentlichten Szene, *Die unmüden Schläfer.* Diese Szene war ursprünglich als Teil eines Theaterstückes gedacht, das Ilse Aichinger um 1980 schreiben wollte. *Die unmüden Schläfer* ist aber eine in sich geschlossene, selbständige Szene. In ihrem Duktus führt sie auch die etwas sprödere, härtere Sprachbewegung weiter, die für einen Teil der später entstandenen Szenen aus *Zu keiner Stunde* charakteristisch ist (vgl. bes. *Nicht vor Mailand* und *Chrigina*). Thematisch gehört die neu aufgenommene Szene eng zum Dialog *Weiße Chrysanthemen.*

Als Textgrundlage dienen die (anhand der Typoskripte überprüften) Buchausgaben von 1957/1980, im Falle von *Die unmüden Schläfer* die Erstveröffentlichung in der ›Neuen Rundschau‹, 91. Jg. (1980), H. 2/3, S. 218–228. Da die Manuskripte und Typoskripte undatiert sind, stützt sich die Datierung der Texte auf eine von Ilse Aichinger in den siebziger Jahren angelegte Liste.

Bibliographische Hinweise

Abkürzungen

zkSt 1957	*zu keiner Stunde*, Frankfurt a. M.: S. Fischer 1957
zkSt 1980	*zu keiner Stunde.* Szenen und Dialoge, Frankfurt a. M. 1980 (erweiterte Neuausgabe von zkSt 1957)
WW 1963	*Wo ich wohne.* Dialoge, Erzählungen, Gedichte. Frankfurt a. M.: S. Fischer 1963
Pfarrhaus 1961	*Besuch im Pfarrhaus.* Ein Hörspiel. Drei Dialoge. Frankfurt a. M.: S. Fischer 1961.
ES	Erstsendung
ED	Erstdruck
EB	Erstveröffentlichung in Buchform
E	Entstehungszeit
L	Liste Ilse Aichingers mit (ungefährer) Entstehungszeit

Französische Botschaft

ES	Bayerischer Rundfunk (BR) 20. Mai 1960
ED	zkSt 1957, S. 9–12
EB	ebda. zkSt 1980, S. 7–10
E	L 1954

Ilse Aichinger hat zu den Stücken *Pfingstrosen* und *Französische Botschaft* vor der Inszenierung im BR eine (unveröffentlichte) Notiz geschrieben, die hier zitiert sei: »Die beiden szenischen Dialoge *Pfingstrosen* und *Französische Botschaft* nehmen ihre Orte nicht als Umgebung, sondern machen sie zur Voraussetzung und zum eigentlichen Thema: In dem einen Fall eine verlassene Hafeninsel, im andern einen Platz in Wien. Die Orte sind die Träger der Handlung und erfinden sich ihre Gestalten selbst, aus den

Orten ergibt sich, was geschieht: sei es real wie in dem Dialog *Pfingstrosen,* in dem ein entsprungener Sträfling auf einer Hafeninsel nicht die Freiheit, aber zwei alte Frauen findet, die ihn für einen Nachmittag ahnungslos zu Gast nehmen; oder an der Grenze zum Märchen, wie in dem Dialog *Französische Botschaft,* in dem ein junger Polizist vor der Botschaft ein vorübergehendes Dienstmädchen zum Bleiben auffordert. Aber die Konsequenz dieses Bleibens ist, Abbild zu werden, Versteinerung auf einer Säule, und das Mädchen geht nicht darauf ein. Sie entschließt sich, ihr Leben weiterzuführen, das so gewöhnlich bleibt wie es war. Daß es sich um den Entschluß verändert hat, wird ihr selbst nicht deutlich, vielleicht aber den Propheten, von denen die Rede ist. – Die Dialoge sind nicht weiter auszulegen. Da der Ort ihr Thema ist, liegt das Ziel darin, daß das Thema wieder zum Ort wird, zu einer verlassenen Hafeninsel, zu einem Platz in Wien.«

Zu keiner Stunde

ED zkSt 1957, S. 13–16
EB ebda.
WW 1963, S. 88–91
zkSt 1980, S. 11–15
E L 1954

Möwen

ED zkSt 1957, S. 17–22
EB ebda.
WW 1963, S. 92–96
zkSt 1980, S. 16–22
E L 1954

Flüchtiger Gast

ED zkSt 1957, S. 23–25
EB ebda.
zkSt 1980, S. 23–25
E L 1954

Mit der Stimme der Alten

ED zkSt 1957, S. 26–27
EB ebda.
zkSt 1980, S. 26–28
E L 1956

Belvedere

ED zkSt 1957, S. 28–37
EB ebda.
WW 1963, S. 79–87
zkSt 1980, S. 29–41
E L 1954

Auf verlorenem Posten

ED zkSt 1957, S. 38–40
EB ebda.
E L 1954

Algebra

ED zkSt 1957, S. 41–43
EB ebda.
zkSt 1980, S. 46–48
E L 1954

Erstes Semester

ED ›Stillere Heimat Jahrbuch der Stadt Linz.‹ 1956, S. 86–90
EB zkSt 1957, S. 44–49
WW 1963, S. 97–101
zkSt 1980, S. 49–55
E L 1954

Schweres Wasser

ED zkSt 1957, S. 50–51
EB ebda.
zkSt 1980, S. 56–57
E L 1954

Die Auktion

ED zkSt 1957, S. 52–57
EB ebda.
WW 1963, S. 102–106
zkSt 1980, S. 58–63
E MS auf epd vom 25. Juni 1956 / 4. Juli 1956
L 1956

Gute See

ED zkSt 1957, S. 58–61
EB ebda.
zkSt 1980, S. 64–67
E L 1955

Wiederkehr

ED zkSt 1957, S. 62–66
EB ebda.
WW 1963, S. 107–110
zkSt 1980, S. 68–72
E L 1954

Im jungen Grün

ED zkSt 1957, S. 67–71
EB ebda.
zkSt 1980, S. 73–78
E L 1956

Sonntagsdienst

ED zkSt 1957, S. 72–76

EB ebda.

zkSt 1980, S. 79–84

E L 1954

Tauben und Wölfe

ED zkSt 1957, S. 77–83

EB ebda.

zkSt 1980, S. 85–92

E L 1956(?)

Hohe Warte

ED ›Die Neue Rundschau‹, 66. Jg. (1955), H. 4, S. 2–5

EB zkSt 1957, S. 84–86

E L 1954

Das neue Lied

ED zkSt 1957, S. 87–99

EB ebda.

zkSt 1980, S. 97–115

E L 1954

Paßüberquerung

ED Pfarrhaus 1961, S. 61–68

EB ebda.

E L 1961

Nicht vor Mailand

ED ›Almanach [des S. Fischer Verlags]. Das vierundsiebzigste Jahr‹, Frankfurt a. M. 1960, S. 76–79

EB WW 1963, S. 117–121

zkSt 1980, S. 116–121

E L 1959

Weiße Chrysanthemen
ED Pfarrhaus 1961, S. 69–81
EB ebda.
WW 1963, S. 111–116
zkSt 1980, S. 122–129
E L 1959

Chrigina
ED D.E.G. 1971, S. 20–26
EB zkSt 1980, S. 130–137
E L 1960

Fürsorge
ED zkSt 1980, S. 138–143
EB ebda.
E zkSt 1980, S. 138–143

Die unmüden Schläfer
ED ›Neue Rundschau‹, 91. Jg. (1980), H. 2/3, S. 218–228
EB bislang unveröffentlicht
E 1979/1980